Caroline Quine

Alice chez le grand couturier

Traduction de Lisa Rosenbaum

Illustrations de Philippe Daure

HACHETTE Jeunesse

Série *Alice* dans la Bibliothèque Verte

Alice et la soucoupe volante
Alice et l'ancre brisée
Alice et le mauvais présage
Alice et la bague du gourou
Alice et le symbole grec
Alice et le secret de la vieille dentelle
Alice à Venise
Alice et le secret du parchemin
Alice et le carnet vert
Alice et les chats persans
Alice et l'œil électronique
Alice et les trois clefs
Alice et la poupée indienne
Alice et les marionnettes
Alice et les Hardy Boys super détectives
Alice et le robot
Alice et le flibustier
Alice et les magiciens
Alice et les diamants
Alice et la rivière souterraine
Alice chez le grand couturier
Alice chez les Incas
Alice en Écosse
Alice et le violon tzigane
Alice au Canada
Alice et les plumes de paon
Alice et la diligence
Alice et le diadème
Alice et l'esprit frappeur
Alice écuyère

L'édition originale de ce roman
a paru en langue anglaise
chez Wanderer Book, (Simon & Schuster), New York,
sous le titre :
THE TWIN DILEMMA

Hachette, 79, boulevard Saint-Germain, Paris VIe

Chapitre 1

Un mannequin disparaît

« Alice ! s'exclama joyeusement Cécile Roy, une grande et belle femme, en ouvrant la porte de son appartement. Comme je suis contente que tu sois ici !

— Moi aussi, je suis heureuse de te voir, tante Cécile. Et je ne suis pas la seule ! »

La blonde jeune fille de dix-huit ans désigna ses amies Bess Taylor et Marion Webb qui traînaient de grosses valises le long du couloir.

« Tu ignorais que nous avions l'intention de nous installer définitivement à New York, n'est-ce pas ? » plaisanta Alice quand les filles posèrent les bagages dans l'entrée.

Mlle Roy rit.

« Je vois que vous êtes prêtes à toutes les éventualités, dit-elle. Y compris, je l'espère, le service que je voudrais vous demander. Cela concerne un mannequin. »

Remarquant la surprise de sa nièce, une lueur malicieuse s'alluma dans ses yeux noisette. Alice était la fille de son frère James Roy, un avocat bien connu à River City. Alice avait souvent aidé son père à trouver la solution de problèmes fort compliqués et s'était fait une réputation de détective amateur.

Bess et Marion manifestèrent, elles aussi, de l'étonnement.

« Et moi qui croyais que nous étions ici pour voir une présentation de modèles de haute couture et pour prendre quelques jours de vacances ! s'écria Bess en repoussant une mèche de cheveux derrière son oreille.

— L'énigme du mannequin a sans doute un rapport avec cet événement new-yorkais », lança Marion.

A la différence de sa cousine Bess, une jolie blonde potelée, elle était svelte et portait ses cheveux bruns coupés assez court.

« Oui, acquiesça Mlle Roy. Je vous ai dit que je m'occupais de l'organisation d'une soirée consacrée à la mode au profit d'une œuvre de bienfaisance. Eh bien, l'un de nos mannequins a disparu. Elle n'est pas venue à la répétition aujourd'hui et n'est pas chez elle. Personne ne sait où elle a pu aller. Elle s'appelle Jacqueline Henri. Vous avez peut-être entendu parler d'elle ?

— Jacqueline Henri ? Oh ! Elle est fabuleuse ! s'exclama Bess. Elle est mince comme un fil. Elle a de superbes cheveux noirs et des yeux violets ! Sa photo a paru plusieurs fois en couverture de nombreux magazines. Comme j'aimerais faire sa connaissance !

— J'avais l'intention de vous présenter à elle ce soir.

— Que ferez-vous si nous ne la trouvons pas avant le défilé ? demanda Alice qui supposait que chercher le mannequin était le service dont sa tante avait parlé.

— Ça va être une catastrophe pour vous, ajouta Marion.

— Non, répliqua Mlle Roy. Si tu me promets de ne pas disparaître à ton tour, Alice, je voudrais que tu remplaces Jacqueline.

— Moi ? Mais j'en serais incapable ! protesta sa nièce.

— Pas du tout ! la contredit Bess. Tu as déjà présenté des vêtements.

— Oui, mais c'était à une vente de charité à River City ! De plus, comment voulez-vous que je porte des robes taillées pour Jacqueline Henri ? Elle doit être plus mince que moi et nous n'avons ni le même teint ni la même couleur de cheveux.

— Pas tellement plus mince, jugea Mlle Roy en reculant pour examiner sa nièce. Et tes couleurs iront très bien aussi. Tu verras.

— Et que vas-tu faire au sujet de Jacqueline ? » demanda Alice.

Sa tante prit un air soucieux.

« Je n'en sais vraiment rien. Marjorie Tyson, qui préside l'œuvre de bienfaisance avec moi, a essayé par tous les moyens de la contacter.

— Il lui est peut-être arrivé quelque chose, avança Bess.

— A moins qu'elle ne soit tout simplement irresponsable, renchérit sa cousine.

— De toute façon, ne vous occupez pas de ce problème avant la présentation, les filles, dit Mlle Roy. Nous attendons plus de cinq cents spectateurs. Nous ne pouvons pas les décevoir en annulant tout à la dernière minute ! »

Le défilé de mannequins n'avait lieu que plusieurs heures plus tard, mais les visiteuses firent un brin de toilette et se changèrent. Mlle Roy donna divers coups de téléphone. Quand elle reposa enfin le combiné, elle poussa un soupir de satisfaction.

« Tout est arrangé. Nous devons nous rendre à l'hôtel le plus tôt possible, dit-elle en passant la tête par la porte de la chambre des filles. M. Reese...

— Richard Reese, le célèbre couturier ? l'interrompit Bess.

— Oui. Il veut te voir pour un essayage, Alice.

— Je suis presque prête, répondit la jeune détective en tirant nerveusement sur la fermeture Eclair d'une longue jupe en taffetas vert émeraude.

— Très joli ton ensemble, ma chérie, déclara sa tante, mais au lieu de le mettre maintenant, tu pourrais l'emporter et te changer après la présentation des modèles.

— Bonne idée», approuva Alice.

Bess et Marion s'aidaient mutuellement à fermer les minuscules agrafes de leurs robes de soirée.

«Ce que tu peux être lambine, Alice!» dit Marion, taquine, alors que son amie changeait de nouveau de jupe et enlevait ses chaussures de satin pour enfiler des mocassins.

Ensuite, elle mit ses vêtements du soir dans un sac de voyage et rejoignit les autres dans la salle de séjour. En la voyant, Bess pouffa de rire! Marion s'avança vers Alice, le regard fixé sur le haut de sa tête.

«Qu'ai-je donc de si drôle?» s'informa Alice.

Marion lui ôta une pince avec laquelle elle avait essayé d'ordonner une boucle rebelle et qu'elle avait oubliée dans ses cheveux blonds.

«L'habilleuse te donnera un coup de peigne», assura Mlle Roy à sa nièce alors qu'elles quittaient l'appartement.

Les jeunes filles ne parlèrent plus du mannequin pendant un moment. Quand elles traversèrent la Cinquième Avenue pour se diriger vers le Centre Rockefeller, leur taxi s'arrêta quelques instants afin de laisser deux limousines entrer dans le flot de la circulation. Cela permit à Alice et aux autres occupants d'examiner la foule qui regardait les patineurs sur la piste au-dessous. Ils évoluaient au rythme d'un air fort connu.

Quand le taxi redémarra, Alice et Bess, qui

se trouvaient le plus près de la vitre, remarquèrent une jolie jeune femme parmi les piétons de la Cinquième Avenue. Elle portait un manteau de léopard et une toque assortie qui couvrait à peine son épaisse chevelure d'un noir d'ébène.

« Mais c'est Jacqueline Henri ! » s'écria Bess.

Le mannequin se hâtait vers le coin de la rue qu'elles venaient de dépasser.

« Tu en es sûre ? demanda Alice.

— Certaine. »

Aussitôt, Mlle Roy, qui était coincée entre les filles, tendit la main vers la poignée de la portière en disant au chauffeur :

« Arrêtez, s'il vous plaît ! »

Puis voyant Jacqueline monter dans un taxi qui, de toute évidence, s'éloignait de leur propre destination, elle annula son ordre.

« De toute façon, nous ne la rattraperions pas, conclut-elle.

— Vit-elle dans ce quartier ? s'enquit Alice.

— De l'autre côté du Centre Rockefeller, près de Broadway, je crois, répondit Mlle Roy. Elle a peut-être eu du mal à trouver un taxi là-bas et a décidé de venir en chercher un ici.

— Maintenant, nous savons au moins qu'elle va bien, observa Bess.

— Tu m'as dit que vous aviez essayé toute la journée de la joindre, tante Cécile. Quelqu'un s'est-il rendu à son appartement ?

— Probablement pas. Nous étions tous si occupés dans la salle de danse de l'hôtel !

— Est-ce que Jacqueline Henri a un répondeur automatique ? demanda Alice.

— Oh oui ! Certainement ! Je pense que tous les mannequins en ont un.

— Elle n'avait donc pas laissé de message ? intervint Marion.

— Non. Il n'y avait aucune explication à son absence.

— C'est bizarre, fit Alice. Ce n'est sûrement pas en se montrant si peu sérieuse qu'elle a pu devenir un des meilleurs mannequins de ce pays... Curieux, qu'étant en ville, elle n'ait pas prévenu de son absence par téléphone ! »

Ensuite, les filles restèrent silencieuses jusqu'à leur arrivée à l'hôtel. Le dernier rayon de soleil avait disparu maintenant. Quand les amies descendirent de voiture, la lumière du jour n'effleurait plus que les hauts bâtiments. Elles sourirent au portier qui se tenait sous un dais doré.

Mlle Roy en tête, elles pénétrèrent dans un hall luxueux aux murs lambrissés. Elles passèrent devant des ottomanes recouvertes de velours et entrèrent dans une pièce contiguë à la salle de restaurant. Elle était pleine de vêtements sur des cintres accrochés à des présentoirs appelés en terme de métier des « stayahs ». Une fille descendait de l'un d'eux un ensemble-pantalon corail.

« Comme j'ai hâte de voir les modèles ! dit Bess. Quels sont ceux que portera Alice ? »

Sur la même tringle, marquée REESE, Marion remarqua une robe vert turquoise.

« Celle-ci, peut-être ? fit-elle.

— Non, répondit Mlle Roy. A cause de la substitution de mannequins, M. Reese a dû modifier légèrement sa sélection. Suivez-moi tout le monde !

— Et si Jacqueline revenait à temps ? demanda Alice.

— Ce serait tant pis pour elle, trancha sa tante. Nous n'allons pas tout changer de nouveau à la dernière minute ! »

Elle traversa la pièce et présenta les filles à Marjorie Tyson, une petite femme au visage mince et souriant encadré de cheveux gris coupés court.

« Comme je suis contente que vous soyez ici, Alice ! » s'écria-t-elle en guise de salutation.

Les filles éclatèrent de rire.

« C'est exactement ce qu'a dit ma tante, mademoiselle », expliqua Alice.

Puis elle lui rapporta qu'elles avaient vu

Jacqueline Henri près du Centre Rockefeller.

« Eh bien, si elle vient maintenant, ce sera trop tard, déclara Mlle Ryson, confirmant la décision de Mlle Roy. Appelez-moi Marjorie, s'il vous plaît. Les robes que vous porterez sont là-bas, Alice. Bess et Marion, cela vous ennuierait-il d'attendre pendant que j'emmène Alice dans une cabine ? Il y a une banquette là-bas dans le coin.

— D'accord », répondit Bess.

Marjorie s'approcha du présentoir à vêtements. Elle poussa un cri.

« Il ne reste plus que quelques modèles ! Où sont donc passés les autres ? »

Soudain, un homme en pull-over à col roulé et en jean surgit de derrière un paravent, portant un carton vide qu'il jeta par terre en grimaçant de fureur.

« Ils ont disparu ! Ils ont tous disparu ! hurla-t-il.

— Et ceux-là ? Ils ne sont pas à vous ? demanda Marjorie en touchant l'une des robes couleur pastel pendues sur la tringle.

— Ouais, rugit l'homme, ce sont ceux que le voleur a bien voulu me laisser ! »

Sur ces paroles, il décrocha les robes et passa en trombe devant les deux femmes.

« Monsieur Reese ! Dites-nous ce que nous devons faire, s'il vous plaît ! supplia Marjorie. Voici Alice Roy, la remplaçante de Jackie. Elle est prête à...

— Ça m'est égal ! gronda le couturier. Vous ne comprenez donc pas qu'on m'a volé mes modèles ! »

Chapitre 2

Défense de photographier

La brutalité des paroles de M. Reese fit sursauter Alice. Elle comprit qu'il était inutile d'essayer d'arrêter le couturier : il avait déjà refusé d'écouter Marjorie Tyson. Maintenant, il s'éloignait à grands pas, aveuglé par les manches ballon de la robe d'organdi qu'il serrait contre lui.

« Laissez-moi passer ! » cria-t-il à la cantonade.

Trop tard ! Bess et Marion qui s'étaient levées de leur siège pour parler à Mlle Roy traversèrent la pièce à ce moment précis et M. Reese les heurta, les faisant chanceler. Lui-même trébucha contre le pied métallique d'un « stayak ». Il tomba de tout son long dans les vêtements accrochés dessus, les arrachant de leurs cintres.

«Oh! Monsieur Reese!» cria Marjorie en se précipitant vers l'homme pour l'aider à se relever.

Mlle Roy et les filles se joignirent à elle, mais le couturier refusa leur assistance. Bredouillant de colère, il essaya de se remettre debout, mais il glissa sur l'ourlet d'une jupe de satin et se retrouva par terre. Les jeunes détectives réprimèrent leur envie de rire, cependant, M. Reese entendit Bess pouffer. Grinçant des dents, il jeta la jupe de satin de côté, dégageant enfin son chemin. Quand il se leva, il regarda Mlles Tyson et Roy d'un air furibond.

«Je n'aurais jamais dû écouter Sheila, se plaignit-il.

— Qui est Sheila? murmura Marion.

— Je présume que c'est sa femme», répondit Bess.

Les filles ramassèrent les vêtements et les raccrochèrent.

«Non! Pas là! gronda M. Reese. Vous ne savez donc pas lire?»

Sur la pancarte fixée au-dessus du «stayak», on lisait : STEINER, le nom d'un autre couturier qui participait à la présentation des collections.

«Auriez-vous préféré laisser vos modèles par terre?» fit une voix derrière eux.

Elle appartenait à une femme vêtue d'une blouse et portant au poignet une pelote à épingles.

«Quelle insolence, vociféra le couturier. Vous êtes renvoyée, Rosalind!»

La femme éclata en sanglots.

« Vous ne pouvez pas nous laisser tomber maintenant, monsieur Reese, plaida Mlle Roy.

— Comment ça ? Je le peux et je le ferai !

— Monsieur Reese, intervint Alice du ton le plus suave qu'elle put adopter, je peux peut-être vous aider. Je suis détective. »

L'irascible personnage regarda la jeune fille. Il changea complètement d'expression et se mit à rire aux éclats.

« Ouais. Et moi, je suis le pape ! »

Bess et Marion se mordirent la lèvre pour ne pas dire des choses qu'elles pourraient regretter plus tard.

« Alice est effectivement détective, confirma Mlle Roy.

— Il se peut, bien entendu, que M. Reese n'ait pas *besoin* de détective, lança Alice. Il ne nous a pas encore dit quel était son problème.

— Ce dont j'ai besoin, c'est d'un gardien pour mes modèles ! trancha le couturier. Ceux que j'avais sélectionnés pour vous, mademoiselle Alice, ont disparu.

— Quelqu'un les aurait-il volés ? demanda Marion.

— Exactement.

— Qu'est-ce qui vous permet d'être si affirmatif ? » s'enquit Alice. Puis voyant l'irritation se peindre sur le visage de son interlocuteur, elle s'empressa d'ajouter : « Ils ont peut-être été mal rangés ?

— Non, j'ai tout apporté personnellement en voiture et, jusqu'à il y a une heure, quand j'ai dû aller téléphoner, je n'ai pas quitté cette pièce. »

Pendant qu'il parlait, Alice se dirigea vers deux chaises, laissant ses amies commenter la situation. S'étant un peu calmé, le couturier la suivit, curieux d'avoir son opinion sur l'affaire.

« Tout cela, c'était l'idée de Sheila, ma femme, précisa-t-il. Elle participe pratiquement à toutes les œuvres de bienfaisance de New York, y compris celle-ci. Elle m'a demandé si je consentirais à montrer quelques-unes de mes nouvelles créations de printemps avant leur présentation officielle. Je lui ai dit que je passerais ma collection en revue et choisirais les modèles qui me paraîtraient convenir à ce gala.

— Combien y en avait-il en tout ?

— Dans la collection de printemps ou pour ce défilé seulement ?

— Pour ce défilé.

— Sept.

— Il y en avait quatre dans le salon d'essayage, marmonna Alice. Il en manque donc trois.

— C'est exact.

— Ce que je n'arrive pas à comprendre, c'est comment ils ont pu disparaître sans que personne voie le voleur.

— Cela me dépasse aussi, gémit le couturier. Il va falloir que je vous laisse le soin d'éclaircir ce mystère. »

Alice n'était à New York que depuis quelques heures et déjà deux énigmes la préoccupaient : l'étrange conduite de Jacqueline Henri et le vol des créations de Reese.

Du coin de l'œil, elle vit Mlle Roy consulter sa montre. Le défilé de mannequins devait commencer dans moins de trois quarts d'heure. Alice se demanda comment les organisatrices de la soirée allaient remplacer la partie manquante du programme.

Richard Reese remarqua l'expression anxieuse de la jeune fille. Après s'être plusieurs fois éclairci la voix, il dit finalement :

« Vous n'êtes pas Jacqueline, mais vous ferez l'affaire.

— Vraiment? s'écria Alice. Vous me permettez de présenter vos modèles? »

Le couturier acquiesça, un peu embarrassé. Puis il se ressaisit et conseilla à la jeune fille d'entrer dans la cabine.

« Rosalind », appela-t-il, mais il n'obtint aucune réponse. « Où est-elle ? demanda-t-il à Marjorie Tyson.

— Vous l'avez renvoyée, l'avez-vous oublié ?

— Oh, mais c'est absurde ! s'écria M. Reese. Elle me connaît pourtant depuis assez longtemps pour savoir que je dis n'importe quoi quand je suis en colère. »

Son assistante, toutefois, ne revint pas et il dut demander à une autre jeune femme de la remplacer.

« Alice, je vous présente Yolanda. C'est une de nos modélistes. Elle vous aidera à vous habiller. Il ne nous reste plus beaucoup de temps et je dois ajuster les vêtements sur vous avant votre entrée en scène. »

Il fut décidé qu'au lieu d'ouvrir le défilé, Alice passerait la troisième.

« Bonne chance ! » lui dit Marion avant de partir avec Bess chercher la table qui leur était réservée dans la salle de danse de l'hôtel.

Trop occupée à écouter les instructions du couturier, Alice ne l'entendit pas. On lui remit un chemisier de soie bleue légèrement plissé, une jupe assortie et une courte veste en lin.

« Pourvu que ça m'aille ! » pensa-t-elle en agrafant la jupe. Celle-ci la serrait un peu, mais sans la gêner. Elle enfila la jaquette par-dessus la blouse. Les manches glissèrent aisément sur ses bras. A son grand soulagement, la jeune fille constata que la longueur des poignets était parfaite. Elle se plaça devant la glace. Yolanda tira et lissa les vêtements pour les faire tomber convenablement.

« Voyons les cheveux maintenant », dit-elle.

Elle sortit une brosse d'une de ses poches et la passa dans les ondulations blondes d'Alice.

« Ce que nous voulons, c'est du naturel », déclara-t-elle en terminant.

Puis elle la conduisit devant M. Reese.

« Parfait ! » s'exclama le couturier.

Il demanda à Alice de marcher jusqu'au fond de la pièce.

« Détendez-vous, dit-il. Maintenant, tournez-vous et revenez vers moi. »

Le sourire qui s'épanouissait sur son visage montrait qu'il était satisfait de son mannequin improvisé. Un peu plus tard, il l'escorta vers la scène où Alice attendit le signal d'entrée.

« La saison de printemps ne serait pas complète... » entendit-elle dire la présentatrice dans le micro, puis quelqu'un la poussa vers le podium.

Des lueurs de flash jaillirent tout autour de la salle quand la jeune fille posa quelques instants devant le rideau. La présentatrice, une belle femme en robe à paillettes, sourit à Alice et lui fit signe d'avancer.

« La veste est réversible », précisa-t-elle à son auditoire, un détail qu'Alice n'avait même pas remarqué.

Elle ouvrit la jaquette pour montrer la doublure. Elle allait ôter le vêtement quand M. Reese se précipita soudain sur le microphone.

« Partez, mademoiselle Roy ! cria-t-il. Sortez immédiatement de scène ! »

Alice battit des paupières, abasourdie. Décidément ce couturier ne pouvait pas être sérieux, pensa-t-elle. Pivotant sur ses talons, elle retourna près du rideau.

« Je regrette, mesdames et messieurs, poursuivit Reese, mais je dois retirer mes modèles de cette présentation. J'ai été volé ! »

L'animatrice se hâta de mettre ses mains sur le micro et supplia le couturier de ne pas en dire davantage. Reese haussa les épaules, puis il attrapa Alice par le bras et l'entraîna dans les coulisses.

« Je n'aurais jamais dû vous écouter », gronda-t-il.

Alice le regarda bouche bée.

« Qu'est-il arrivé ? » demanda-t-elle.

M. Reese la ramena en hâte dans le salon d'essayage et désigna un grand catalogue qui portait le nom de Millington.

« Regardez ! » ordonna-t-il à la jeune fille.

Alice feuilleta le livre, se demandant ce qu'elle était censée y trouver. Des articles variés y figuraient, principalement des vêtements.

« C'est là ! » l'arrêta M. Reese alors qu'Alice parvenait à une des dernières pages.

Entre-temps, Bess et Marion, inquiètes, étaient revenues dans le salon d'essayage, voulant connaître la raison pour laquelle le couturier avait si brutalement interrompu la présentation. Cécile Roy et Marjorie Tyson, par ailleurs, s'étaient précipitées dans les coulisses pour calmer le mannequin suivant.

«Je crois que Reese est un peu fou, confia Marjorie à Mlle Roy. Il est tellement lunatique qu'on ne sait jamais sur quel pied danser avec lui!»

Cependant, en exigeant d'Alice qu'elle quittât le défilé, le couturier n'avait pas agi par simple caprice, et l'expliqua à la jeune détective.

«Ces modèles, dit-il en désignant des photos dans le catalogue Millington, sont des copies de robes que j'ai dessinées pour ma collection de ce printemps et qui n'ont même pas encore été montrées au public!

— N'est-il pas normal de voir des photos d'originaux? s'informa Bess.

— Absolument pas! répondit Reese en lui lançant un regard glacial. Normalement les photos ou croquis paraissent *après* la présentation des modèles originaux, pas avant!»

Alice haussa les sourcils.

«Quelqu'un se serait-il emparé de vos dessins?

— Exactement! Et maintenant, aucune de mes clientes ne m'achètera ma collection de printemps. Elles n'ont pas envie de voir des copies de robes originales sur le dos de toutes les femmes du pays!»

Comme le savaient les filles, les créations de Reese étaient fort chères. Le couturier risquait donc de perdre beaucoup d'argent.

«Est-ce que la maison Millington est un

grossiste ou un fabricant de vêtements? demanda Alice.

— Un fabricant qui vend sa production dans tous les Etats-Unis. Ce qui vous montre à quel point cette affaire est grave.

— Pourriez-vous redessiner rapidement quelques nouveaux modèles pour remplacer ceux qui vous ont été volés? s'enquit timidement Bess.

— Impossible! Cela prend des semaines, des mois pour les concevoir et les exécuter! expliqua M. Reese. Je suis ruiné!»

Chapitre 3

Une histoire d'enlèvement

« Mais comment a-t-on pu voler vos dessins ? » s'étonna Marion.

Le couturier s'était affalé sur une chaise et avait enfoui son visage entre ses mains.

« Je l'ignore, je l'ignore, répétait-il. Nous avons pourtant un système de surveillance très strict dans la maison.

— Celui-ci nous fournira peut-être un indice », déclara Alice.

Elle faillit interroger Reese au sujet de son personnel, puis elle se ravisa : mieux valait attendre la fin de la présentation. Avec le brusque retrait du couturier, les organisateurs du gala de bienfaisance perdaient une précieuse contribution et Alice était décidée à faire tout son possible pour arranger les choses.

« Laissez-moi continuer, je vous en prie, supplia-t-elle.

— Pour qu'on photographie également ces robes-ci pour le catalogue Millington ? Pas question !

— Mais le mal est déjà fait... » observa Alice.

Elle fourra le catalogue sous le nez de Reese et désigna l'image d'une jupe et d'une veste qui ressemblaient beaucoup à celles qu'elle portait.

« Oui, et les membres de notre patronage ont payé leurs billets fort cher, monsieur Reese, appuya Mlle Roy qui venait d'apparaître sur le seuil. En bouleversant notre programme, vous... »

Elle s'interrompit, les larmes aux yeux, et commença de s'éloigner. A cet instant, Marjorie Tyson arriva avec un message.

« Cela vous fera peut-être changer d'avis », murmura-t-elle au couturier.

M. Reese regarda avec indifférence la feuille de papier plié.

« Lisez, s'il vous plaît », insista la femme.

Comme le styliste ouvrait le mot, Alice ne put s'empêcher de voir que c'était une demande d'achat du modèle qu'elle venait de présenter.

« Zoe Babitt est une de mes vieilles clientes, marmonna Reese en montrant la signature au bas de la lettre.

— Alors... ? fit Alice pleine d'espoir.

— Yolanda ! Allez me chercher la robe en organdi ! » ordonna le couturier.

La modéliste sortit en hâte.

Aussitôt, Mlle Roy jeta ses bras autour du

cou de Reese et lui planta un baiser sur la joue.

« Vous êtes merveilleux ! dit-elle toute joyeuse.

— Je vous en prie... fit l'autre, embarrassé. Et maintenant, dépêchons-nous !

— Merci », murmura Mlle Roy.

Et elle retourna avec Marjorie dans la salle de danse, suivies de Bess et de Marion. Alice passa le deuxième modèle de la collection Reese. Comme le premier, on aurait presque dit qu'il avait été fait pour elle. Cependant, quand Yolanda remonta la longue fermeture Eclair de la taille à la nuque, Alice poussa un petit gémissement.

« Vous arrivez à respirer ? s'enquit Yolanda, taquine, en remarquant le pli sur l'estomac.

— A peine », répondit Alice d'une voix étouffée.

Elle avait peur de se détendre. Et si jamais elle craquait une couture !

« Qu'en pensez-vous, Reese ? » demanda Yolanda quand la jeune fille se trouva de nouveau devant le styliste.

Immédiatement, celui-ci repéra le pli à la taille. Mais après un coup d'œil à sa montre, il déclara :

« Je crains que nous n'ayons pas le temps d'arranger ça. »

Puis, comme frappé d'une idée subite, il fit claquer ses doigts.

« Une seconde », dit-il.

Il plongea la main dans un carton rempli de boutons et de rubans et en sortit une longue et large bande de gros-grain, de la même couleur lilas que la robe.

« C'est parfait », approuva Yolanda.

Elle noua le ruban autour de la taille de la jeune fille puis, à l'aide de pinces, réunit les cheveux d'Alice sur sa nuque, ne laissant que quelques mèches folâtres retomber sur ses pommettes.

Alice était vraiment très belle et, tout naturellement, le public l'accueillit avec de vifs applaudissements. Elle descendit le podium comme un véritable mannequin professionnel. Les deux modèles qu'elle présenta encore — un tailleur blanc et une robe du soir en soie — remportèrent le même succès.

Quand Alice, pour la dernière fois, s'arrêta au bout de la scène, un flash d'appareil photo s'alluma au fond de la salle, attirant son attention dans cette direction. Non loin de l'endroit où avait jailli l'éclair se tenait une femme, un manteau de léopard négligemment jeté sur les épaules.

« On dirait Jacqueline Henri », songea Alice. Elle fut tentée de la regarder plus longuement, mais au lieu de cela, elle se força à tourner et à revenir lentement vers le rideau devant lequel elle posa encore un instant avant de sortir.

« N'est-elle pas merveilleuse ? » demanda la présentatrice au public, ce qui déchaîna d'autres applaudissements.

La jeune détective, cependant, n'en entendit qu'un faible écho : elle se hâtait vers le salon d'essayage pour remettre ses propres vêtements. Bess et Marion avaient-elles repéré le mannequin, elles aussi? se demandait-elle. Mais avant qu'elle ait pu réfléchir davantage à la question, elle fut entourée par M. Reese et plusieurs jeunes femmes. Tous la complimentèrent chaleureusement.

« Mademoiselle Alice, dit le couturier d'un air solennel, m'aiderez-vous à trouver les voleurs ?

— J'allais justement vous demander votre carte de visite », répliqua Alice en souriant.

Elle se retira dans une cabine, le temps d'enfiler les vêtements qu'elle avait apportés de chez sa tante. Quand elle réapparut, elle se trouva de nouveau face à face avec M. Reese.

« Où courez-vous donc, Alice? questionna-t-il. J'aimerais vous parler une minute. »

La jeune détective regarda par-delà son interlocuteur d'un air préoccupé. Elle était impatiente de retrouver Jacqueline Henri, mais décida de ne pas mentionner le mannequin.

« Si nous remettions notre conversation à demain ? suggéra-t-elle avec un sourire poli.

— Demain, je serai peut-être obligé de partir en voyage d'affaires. Vous n'avez vraiment pas un instant...

— Ecoutez, l'interrompit la jeune fille, pourriez-vous me faire quelques croquis des robes qui vous ont été volées ce soir ?

— Bien sûr, avec plaisir, mais...

— Et noter la nature du tissu utilisé pour chacune d'elles? Et maintenant, je dois vraiment retourner dans la salle de danse», s'excusa Alice.

Alors qu'elle se précipitait dans le couloir, M. Reese lui assura qu'elle aurait les dessins le lendemain matin.

«Parfait!» lui lança Alice.

Entendant de la musique filtrer par les portes vitrées de la salle de danse, elle se mit à courir, mais, quand elle pénétra dans la vaste pièce, elle s'immobilisa.

Et si Jacqueline était partie? Elle promena son regard sur les couples de danseurs, puis sur les tables. Bess et Marion lui firent signe, mais elle ne les vit pas. Elle fixait les yeux sur un manteau de léopard posé sur une chaise près d'elle.

«Il ressemble à celui de Jacqueline!» se dit Alice. Soudain la propriétaire de la fourrure sembla surgir du néant.

«Mademoiselle Henri! appela Alice en courant vers elle. Nous nous sommes fait beaucoup de souci pour vous!»

Remarquant que la jeune femme avait un air perplexe, Alice se hâta d'expliquer qu'elle était la nièce de Cécile Roy.

«J'ai essayé d'arriver à l'heure pour le défilé, mais cela m'a été impossible. J'ai appelé votre tante, mais elle était déjà sortie.

— Elle voudra sûrement vous parler. Elle...»

A ce moment, une annonce diffusée par les haut-parleurs vint interrompre Alice.

«On demande à Jacqueline Henri de bien vouloir se présenter à la réception.»

Le mannequin eut aussitôt un regard inquiet et tendu.

« C'est pour moi, dit-elle. Il va falloir que j'y aille.

— Quelque chose ne va pas? s'enquit Alice.

— Non... Dites à votre tante que je l'appellerai demain. »

Mais avant que la jeune femme ait eu le temps de s'éloigner, Bess et Marion étaient venues les rejoindre.

« Oh! mademoiselle Henri! Comme je suis contente de faire votre connaissance! » s'écria Bess en tendant la main.

Celle de Jacqueline était froide et moite.

« Alice a été formidable, vous ne trouvez pas? poursuivit Bess.

— Nous nous demandions ce qui vous était arrivé, dit Marion. Pourquoi n'êtes-vous pas venue travailler?

— Je... J'ai eu un empêchement. Il s'est produit quelque chose d'affreux et... »

Jacqueline s'interrompit et se détourna des trois amies. Alors, Alice posa doucement sa main sur son bras.

« Pouvons-nous vous aider? proposa-t-elle.

— Non, c'est impossible. Il s'agit de mon frère. On l'a peut-être enlevé! »

Chapitre 4

Une rencontre intéressante

« Enlevé ? En êtes-vous sûre ? » s'écria Alice.

Les haut-parleurs réitérèrent leur appel, empêchant le mannequin de répondre.

« Mademoiselle Jacqueline Henri est priée de se rendre à la réception, répéta la voix.

— Je reviens tout de suite », dit la jeune femme aux filles, puis elle partit.

« Si elle croit que son frère a été enlevé, qu'est-ce qu'elle fabrique ici ? observa Marion.

— Il était peut-être censé venir à la présentation », suggéra Alice en jetant un regard vers le hall.

De l'endroit où elle se tenait on ne voyait pas le comptoir. Alice se demanda dans combien de temps la jeune femme reviendrait.

« Elle nous a peut-être simplement dit cela pour nous empêcher de la suivre, déclara Marion au bout de plusieurs minutes.

— Allons la chercher », décida Alice en

entraînant les deux cousines dans le couloir.

Quand elles parvinrent dans le hall, elles constatèrent avec surprise qu'il était plein de gens avec des bagages.

« Ils sont sans doute arrivés par un vol de nuit, déclara Alice.

— Ou par car », fit Marion.

Elle attira l'attention des autres sur un homme en uniforme de chauffeur. Celui-ci se fraya un passage à travers la foule. Il agitait les bras et parlait en même temps. Les clients se groupèrent autour de lui et le vacarme cessa peu à peu.

« Je ne vois Jacqueline nulle part, remarqua Bess.

— Elle a peut-être rencontré quelqu'un et est sortie », avança Alice.

Elle se rendit au comptoir de la réception et demanda à un employé s'il avait vu sortir une splendide jeune femme aux cheveux d'ébène.

« Non, je regrette, répondit le jeune homme. Si cette personne correspond à votre description, je l'aurais sûrement remarquée ! »

Prise d'une inspiration subite, Alice s'approcha ensuite du chauffeur d'autocar qui se trouvait devant l'hôtel quand Jacqueline était partie — bien entendu si elle était vraiment partie ! Mais à la déception d'Alice, l'homme n'avait pas aperçu le mannequin, lui non plus.

« Retournons dans la salle de danse, proposa Alice. Tante Cécile doit s'inquiéter de notre absence. »

Alors que les trois amies se frayaient un chemin entre les tables, plusieurs personnes arrêtèrent Alice et la complimentèrent sur sa présentation et sur les modèles qu'elle avait portés.

« Vraiment exquise », dit quelqu'un derrière elle.

Alice se tourna vers la piste de danse.

« Mademoiselle Roy ? »

L'homme qui avait parlé entra dans le cercle de lumière projeté par la lampe sur la table. Malgré les rides profondes qu'il avait sous ses yeux gris, il devait avoir seulement une trentaine d'années.

« Vous avez dit quelque chose ? demanda Alice.

— J'allais justement vous inviter à danser », répondit l'inconnu d'une façon inattendue.

L'orchestre changeait de rythme. Alice acquiesça d'un signe de tête. Elle suivit son cavalier vers le milieu de la piste où d'autres couples essayaient de ne pas se heurter.

« Comment vous appelez-vous ? s'enquit la jeune détective quand ils commencèrent à danser.

— Chris. Chris Chavez. Vous avez remplacé Jacqueline Henri dans le programme de ce soir, n'est-ce pas ?

— Mmm, fit Alice évasivement. Vous la connaissez ?

— Qui ne la connaît pas ?

— En effet... » reconnut Alice.

Chris la fit tournoyer en l'éloignant de lui, mais d'une main ferme il la ramena vers lui.

« Vous travaillez beaucoup comme mannequin ? demanda-t-il.

— En fait, c'est la première fois de ma vie, du moins devant un vrai public.

— Incroyable ! s'exclama l'homme. Vous aviez tout à fait l'air d'une professionnelle sur le podium. »

Malgré le faible éclairage, il vit Alice rougir.

« Je ne voulais pas vous embarrasser ! ajouta-t-il.

— Vous ne m'embarrassez pas du tout, répliqua la jeune fille en riant. J'étais justement en train de penser que ma gouvernante serait ravie si je changeais de profession. »

Son partenaire parut surpris.

« Que faites-vous donc dans la vie ? s'informa-t-il quand la musique se tut enfin.

— Je suis détective », répondit Alice.

A son tour, elle scruta le visage de Chris mais, à son étonnement, son cavalier resta impassible et ne fit aucun commentaire. Au lieu de cela, il l'entraîna vers la table où Bess et Marion étaient assises avec Cécile Roy et Marjorie Tyson. Alice présenta le jeune homme à ses amies.

« Chris Chavez ! le célèbre photographe ? » demanda Marjorie en souriant.

Chris acquiesça d'un signe de tête.

« Oui et j'aimerais prendre une photo d'Alice dans cette superbe robe qu'elle portait tout à l'heure.

— Je suis sûre qu'on pourrait arranger ça », répondit Mlle Roy avec enthousiasme.

Pendant ce temps, Bess tirait Alice par la manche.

« Marion et moi, nous nous demandions où tu étais passée, chuchota-t-elle. Nous ne savions pas que tu avais rencontré un si bel homme. Aurait-il deux amis ?

— Je ne sais pas. Tu n'as qu'à le lui demander », rétorqua Alice.

Bess gloussa. Le photographe inscrivit son numéro de téléphone sur un papier qu'il tendit à Alice.

« Je serai à mon studio demain. Faites-moi savoir si vous pouvez venir », dit-il, puis il partit en hâte.

« Que va penser Ned quand il te verra sur la couverture d'un grand magazine, photographiée par Chris Chavez, le photographe mondialement connu ? demanda Marion pour taquiner son amie.

— Ned Nickerson, répondit Alice, se référant à son grand ami de l'université, ne pensera rien du tout parce que l'événement dont tu parles ne se produira jamais.

— On parie ? lança Bess.

— Cela n'aurait rien de tellement extraordinaire, intervint Mlle Roy. Tu pourrais devenir un mannequin célèbre comme Jacqueline.

— Mais je ne veux pas ! protesta Alice. Je suis très contente de mon sort. A propos, que sais-tu sur Jacqueline Henri ? Bess et Marion ont dû te dire que nous l'avons rencontrée.

— Oui, mais je ne la connais que fort peu. Pourquoi n'en as-tu pas parlé à Chris ? Il aurait pu te renseigner. »

Evidemment! songea Alice, furieuse contre elle-même d'avoir laissé filer le photographe.

« Je vais l'appeler dans un moment, déclara-t-elle.

— Ah oui? s'étonna Bess. Sais-tu qu'il est minuit passé?

— Il est parti depuis quelques minutes seulement. J'essaierai donc de l'appeler dans une demi-heure. »

Alors que la salle de danse commençait à se vider, Alice descendit le couloir silencieux vers une cabine téléphonique qui se trouvait à côté du salon d'essayage. Dans celui-ci, on avait éteint les plafonniers, mais les appliques continuaient à brûler.

Soudain Alice étouffa un cri : la silhouette d'un homme se reflétait dans un miroir, au fond. Elle se jeta dans la cabine et attendit que l'inconnu se montrât.

« Où est le gardien? » se demanda Alice en se rendant brusquement compte que les précieux modèles des couturiers étaient restés sans surveillance. On avait bien passé à travers les cintres des chaînes cadenassées, mais ce n'était pas cela qui allait arrêter un voleur professionnel!

A présent, la mystérieuse silhouette traversait rapidement la pièce en direction de la porte comme si elle voulait la fermer. A cet instant, Alice sortit la tête de la cabine téléphonique. Son regard croisa celui de l'inconnu!

L'homme avait des traits fins et réguliers;

malgré quelques mèches grises, il avait l'air assez jeune. Il portait un smoking, Alice en déduisit qu'il avait assisté au défilé de mode.

« Qui êtes-vous et que faites-vous ici ? » demanda la jeune fille d'un ton sévère.

L'intrus lui lança un regard furibond. Il passa à côté d'Alice sans dire un mot. La jeune détective décida de remettre à plus tard son coup de fil au photographe. Elle se précipita dans le salon d'essayage. Pour autant qu'elle pût en juger, rien n'avait été touché. Cependant, avant de retourner dans la salle de danse, elle signala l'incident à la réception de l'hôtel.

« Peut-être s'agissait-il simplement d'un admirateur, suggéra Cécile Roy quand sa nièce l'eut mise au courant de la rencontre qu'elle venait de faire. Il ne faut pas être si méfiante ! »

En d'autres circonstances, la jeune détective lui aurait volontiers donné raison. Toutefois, malgré ses doutes, elle ne contredit pas sa tante. En fait, c'est à peine si elle réussit à garder les yeux ouverts pendant le trajet du retour.

Pourtant, en dépit de sa fatigue, elle se tourna et se retourna dans son lit. Qui était le frère de Jacqueline, et pourquoi le jeune mannequin croyait-elle qu'il avait été enlevé ? Ces mêmes questions assaillirent son esprit dès son réveil le lendemain matin.

« Avant d'entreprendre quoi que ce soit, je vais appeler papa », décida-t-elle.

Elle s'habilla rapidement et rejoignit sa

tante et ses amies à la table du petit déjeuner. Tout en mangeant, elles établirent leur programme pour la journée. Elles commencèrent par téléphoner à leurs familles respectives, puis Alice appela Chris Chavez qui les invita à passer à son studio dans la matinée.

Après avoir quitté Cécile Roy, qui avait rendez-vous avec Marjorie Tyson au bureau de l'hôtel, les jeunes filles se rendirent d'abord chez M. Reese. L'absence du couturier n'étonna guère Alice.

« Il a pris l'avion pour Palm Beach, expliqua la réceptionniste, mais il a laissé cette enveloppe pour vous, mademoiselle Roy. »

Alice l'ouvrit immédiatement. Elle contenait plusieurs croquis des modèles disparus ainsi que d'autres renseignements utiles.

« Quand rentre-t-il ? s'informa Alice.

— Demain, probablement.

— Tous ces gens absents, murmura Bess à Marion, c'est un peu inquiétant...

— En effet, acquiesça sa cousine.

— Partons, dit Alice en se tournant vers la porte. Prochain arrêt au studio de Chris Chavez ! »

En chemin, elle étudia les croquis de M. Reese. Elle les grava dans sa mémoire et conseilla à ses amies d'en faire autant

« Si seulement une de ces robes pouvait apparaître par magie dans ma penderie ! » soupira Bess.

Leur taxi s'arrêta devant un magasin apparemment désert.

« C'est ça, le studio ? s'étonna Marion.

— Je suppose que oui», fit Alice en descendant de voiture.

Comme la vitrine était couverte de givre, les visiteuses ne voyaient rien à l'intérieur. La porte étant ouverte, elles entrèrent.

«Il y a quelqu'un?» appela Alice dans le vestibule désert.

Pas de réponse.

Au fond de l'entrée, il y avait une autre porte et une lampe nue qui dispensait une lumière crue.

«Il y a sûrement quelqu'un», affirma Bess en s'avançant.

Alice et Marion la suivirent.

Soudain on entendit un bruit de dispute et la porte du vestibule claqua!

Chapitre 5

Le message du lion

Alice et les cousines écoutèrent les voix irritées qui discutaient derrière la porte.

« Ted Henri est capable de se débrouiller seul ! » disait l'homme, probablement Chris, à quelqu'un.

« Il parle sans doute du frère de Jacqueline ! » pensa Alice.

Elle frappa.

« Veux-tu que nous t'attendions dehors ? » chuchota Bess, apeurée, à son amie.

Le signe de tête négatif d'Alice la contraria.

« J'aurai peut-être besoin de ton aide, dit-elle.

— Mais... » marmonna Bess.

A cet instant, les voix se turent et la porte s'ouvrit. Surprise ! Une jeune femme se tenait devant elles avec Chris Chavez. Elle regarda par-dessus son épaule.

« Jacqueline ! s'exclama Alice.

— Vous vous connaissez ? demanda Chris.

— Nous nous sommes vues hier soir», dit Alice, puis elle ajouta sur un ton de reproche : « Pourquoi n'êtes-vous pas revenue, Jackie? Nous nous sommes fait du souci.

— Excusez-moi. J'étais si fatiguée que j'ai quitté l'hôtel aussitôt après avoir retiré mon message à la réception», expliqua le mannequin. Elle fit une pause et se tourna vers Chris. «Alice est détective.

— Je sais», répliqua le photographe, le regard fixé sur Alice. Jackie vous a parlé de son frère, je suppose.

— Pas vraiment. Qui est-il?

— Ted est journaliste. Il fait des enquêtes», répondit Jacqueline, puis elle s'interrompit comme si elle craignait de trop en dire.

«Vas-y, l'encouragea Chris. Raconte tout à Alice. Elle pourra peut-être t'aider.»

Les joues de la jeune femme s'empourprèrent.

«Je ne sais vraiment pas par où commencer, déclara-t-elle. Comme je vous l'ai dit la nuit dernière, je crois que mon frère a été enlevé.

— Mais vous n'en êtes pas sûre? demanda Alice.

— Presque sûre. Ce n'est d'ailleurs pas la première fois qu'on le menace. Depuis qu'il exerce son métier, il a révélé un certain nombre d'affaires louches et s'est mis plusieurs personnes à dos.

— Qu'est-ce qui vous fait penser qu'il a été enlevé?

— Eh bien, il devait arriver hier soir par un vol charter de Singapour. Il m'avait demandé par télégramme de venir le chercher à l'aéroport Kennedy. C'est pour cela que je n'ai pas pu participer à la présentation des modèles. Mais, une fois à l'aéroport, je ne l'ai pas trouvé.

— Figurait-il sur la liste des passagers ?

— Oui, pour autant que je le sache.

— Voulez-vous dire qu'il a peut-être été kidnappé à l'aéroport ? »

Jacqueline hocha la tête.

« Je ne sais vraiment que penser. Quand je suis rentrée chez moi, j'ai trouvé ce mot dans ma boîte aux lettres. »

Le mannequin fouilla dans son sac et en sortit un morceau de papier. Un message était écrit dessus. Il se terminait par un gribouillage qui ressemblait à un lion héraldique. Alice lut à haute voix :

SI TU N'AS PAS DE NOUVELLES DE MOI DANS QUELQUES JOURS, PREVIENS LA POLICE. N'ESSAIE PAS DE ME JOINDRE AVANT. T.

La jeune détective regarda Jacqueline.

« Est-ce bien l'écriture de votre frère ? demanda-t-elle.

— Je n'en suis pas sûre. Il pourrait s'agir d'une bonne imitation. C'est ce message qui me fait craindre un enlèvement.

— Supposons qu'il ait écrit ce mot, dit Alice. "T" veut dire Ted, n'est-ce pas ? Mais quel est ce signe bizarre près de l'initiale ? On dirait une tête de lion.

— Je l'ignore, répondit Jackie.

— Voyez-vous, intervint Chris, Ted est en train de préparer un article très important sur une salle des ventes qui fait des affaires louches.

— Nous ne devrions pas en parler, l'interrompit Jacqueline. Ted ne serait pas content.

— Pourquoi ? Alice ne peut t'aider que si nous la mettons au courant, déclara Chris. Il paraît qu'une salle des ventes, ici, à Manhattan, a vendu de faux bijoux anciens à plusieurs personnes, dont des antiquaires.

— Mais ces derniers doivent tout de même savoir distinguer un original d'une copie ! répliqua Alice.

— C'est justement ce qui rend cette affaire si curieuse, observa Chris. De toute évidence, il y a un excellent artisan dans le coup...

— Ou bien un assistant fort habile qui substitue de faux bijoux aux vrais une fois que les clients ont fait leurs offres, suggéra Alice.

— Bravo ! Quelle perspicacité ! s'écria Chris. Vous devriez peut-être collaborer avec Ted.

— Si mon frère ne préférait pas travailler seul..., ajouta Jacqueline.

— En fait, fit Alice avec un sourire aimable, j'ai déjà ma propre énigme à résoudre. »

La curiosité qui se peignit sur le visage de ses interlocuteurs poussa la jeune détective à leur en dire plus.

« M. Reese, le couturier, m'a demandé de l'aider à trouver un voleur.

— Ah oui ? fit Jacqueline en lançant un rapide coup d'œil au photographe.

— Plusieurs modèles que vous deviez présenter hier soir, Jacqueline, ont disparu de l'hôtel.

— C'est terrible ! s'exclama Chris. Avez-vous le moindre indice ?

— Non, rien de précis », répondit Alice évasivement.

Elle avait décidé de ne pas mentionner l'intrus qu'elle avait découvert dans le salon d'essayage.

« Excusez-moi de vous dire cela, reprit Chris, mais je pense que vous devriez laisser ce genre d'enquête à quelqu'un d'expérimenté.

— Comme Ted Henri ? répliqua Alice d'un ton légèrement sarcastique.

— Alice est une détective très expérimentée ! protesta Bess.

— Oh ! Je n'en doute pas ! répondit le photographe. Seulement on ne sait jamais jusqu'où un ou des criminels peuvent aller. Or, je ne voudrais pas qu'il arrive quelque chose à Alice, ou à l'une de vous deux.

— Chris a raison, appuya Jacqueline.

— Et dire que nous allions vous proposer de chercher votre frère — dans le plus grand secret, bien sûr, ajouta vivement Alice.

— Ah oui ? Première nouvelle ! » s'étonna Marion.

Jacqueline regarda Chris avec une expression presque suppliante et joua avec la poignée de son sac à main.

« Qu'en penses-tu ? lui demanda-t-elle.

— C'est à toi de décider, soupira Chris.

— Nous ne ferions rien qui puisse compromettre l'enquête de Ted, assura Bess.

— Il est sans doute en train d'essayer de réunir le plus de preuves possible contre la salle des ventes, dit Alice, et il ne veut sûrement pas que la police s'en mêle. Nous devrons donc nous montrer très discrètes.

— C'est une bonne idée, tu ne trouves pas, Chris ? insista Jacqueline.

— Si ces jeunes filles pensent être capables de s'occuper de cette affaire..., répondit le photographe. Dites-moi, Alice, par quoi commenceriez-vous votre recherche ? »

Alice réfléchit un moment, puis elle sourit.

« Eh bien, tout d'abord, j'essaierais de trouver le lion héraldique. »

Chapitre 6

Un mystérieux médaillon

« Que peut bien signifier cet emblème ? » dit Bess en examinant la figure héraldique sur le message de Ted Henri.

Alice pensait aux divers bâtiments qu'elle avait aperçus en ville, surtout à la paire de lions de pierre qui flanquaient l'entrée de la bibliothèque municipale de New York. Un lion ornait-il l'édifice dans lequel se cachait Ted ?

« Est-ce que par hasard ce symbole se trouverait au-dessus de la porte d'une salle de ventes ? interrogea Marion.

— Pas que je sache, répondit Chris, mais c'est possible. »

Bess prit un annuaire et commença de feuilleter les pages jaunes.

« Il y en a une flopée, de salles de ventes ! gémit-elle. Au moins une centaine !

— N'exagère pas, dit Alice en jetant un coup d'œil sur la liste.

— N'empêche que pour les voir toutes, il nous faudrait plusieurs jours... » observa Marion.

Alice remarqua un journal sur une table.

« Vous permettez, Chris ? demanda-t-elle.

— Bien sûr, répondit le photographe, devinant ce que la jeune détective avait en tête. Regardez donc sous la rubrique "galeries". »

Alice repéra rapidement la page indiquée. Elle était remplie d'annonces de diverses enchères. L'une d'elles, en particulier, attira son attention.

« Il y a une vente intéressante ce soir à Speers Limited, dit-elle. Parmi les objets proposés, je vois des armoiries et des médaillons. Nous en trouverons peut-être un orné d'une tête de lion !

— Et peut-être même que vous rencontrerez Ted ! ajouta Jacqueline.

— Dommage que nous ayons raté l'exposition de ces objets. Cela se passait ce matin. Mais nous pouvons toujours essayer d'aller à la vente qui aura lieu à vingt heures.

— A propos, décrivez-nous votre frère, dit Marion à Jacqueline. Si jamais il était à ces enchères, nous pourrions le reconnaître.

— Eh bien, il est plus grand que moi, il a des cheveux noirs ondulés et des yeux noisette. Son visage est plus rond que le mien, plus coloré aussi.

— Avez-vous une photo de lui ? s'enquit Bess.

— Malheureusement pas — à part un instantané de lui à douze ans. Mais il a énormément changé depuis son enfance!»

Le mannequin rit, rejetant en arrière sa crinière de cheveux noirs. Avant de partir avec ses amies, Bess lui murmura quelque chose à l'oreille, puis nota une adresse sur un bout de papier.

«Qu'est-ce que tu mijotes? demanda Marion à sa cousine quand les filles se retrouvèrent dehors.

— Tu verras bien, répondit Bess d'un ton mystérieux. Maintenant, il faut que je file. Rendez-vous à l'appartement. Au revoir.»

Elle descendit la rue en courant et s'engouffra dans un taxi qui s'était arrêté pour laisser descendre un passager.

Alice et Marion se regardèrent bouche bée, puis elles éclatèrent de rire. L'admiration que Bess éprouvait pour le beau mannequin expliquait probablement son étrange conduite. Dans l'appartement de Mlle Roy, l'après-midi passa très vite. Quand le timbre de la porte retentit enfin, Alice et Marion se précipitèrent toutes les deux dans l'entrée pour ouvrir.

«C'est toi, Bess?» s'écria Alice en examinant son amie.

Marion avait mis la main devant sa bouche et se mordait la lèvre pour ne pas éclater de rire.

Bess prit l'air vexé.

«Qui veux-tu que ce soit?» grommela-t-elle.

De toute évidence, elle s'était rendue dans un salon de beauté où, à part la couleur des yeux, on lui avait tout changé. Une montagne de bouclettes, dont quelques-unes lui pendaient sur les oreilles et dans le cou, surmontait sa tête.

« Alors ? s'enquit Bess agacée par le brusque mutisme de ses amies.

— La coiffure n'est pas mal, admit Marion, mais tes yeux... euh... sont bizarres. »

Alice était, elle aussi, fascinée par la transformation de son amie. Bess portait des faux cils d'environ deux centimètres de long ! L'un des postiches s'était détaché et la jeune fille l'avait maladroitement recollé au milieu de la paupière !

« C'est Jacqueline qui t'a recommandé ce style ?

— Non, pas ce style, mais ce coiffeur. En plus, c'est un excellent maquilleur. Tous les mannequins de mode vont chez lui. »

Bess s'approcha d'une glace dans la salle de séjour. Elle remarqua aussitôt ses cils de guingois. Embarrassée, elle se hâta de les ajuster, mais ils tombèrent. Elle se retrouva donc avec un seul postiche.

Quand elle se retourna, Marion éclata de rire. Bess lui lança un regard furibond.

« Tu es jalouse, c'est tout ! accusa-t-elle.

— Jalouse, moi ? » s'esclaffa sa cousine. Elle saisit son appareil photo qu'elle avait laissé sur une console dans l'entrée. « Il faut que je prenne une photo de toi. Elle plaira sûrement à ton cher ami Daniel !

— Je te le défends ! » cria Bess en arrachant les faux cils de son autre œil.

Trop tard ! Sa cousine avait déjà déclenché l'obturateur.

« Je vous présente le nouveau mannequin de l'année ! » annonça-t-elle, riant toujours, en tirant l'épreuve de l'appareil.

Durant tout le dîner, les cousines ne s'adressèrent pas une seule fois la parole, ce qui mit Alice et sa tante mal à l'aise.

« Ta nouvelle coiffure te va bien, dit Mlle Roy à Bess, lui arrachant ainsi un bref sourire.

— Je suis contente qu'elle vous plaise, répondit la jeune fille blonde. Alice, peux-tu me passer le sel ? »

Ensuite, Bess ne desserra pratiquement plus les dents jusqu'à leur arrivée à l'hôtel des ventes Speers. Les amies remarquèrent que presque tout le monde tenait un catalogue à la main. Alice se hâta vers un comptoir pour en acheter un.

« Ooh ! Il y a quelques objets superbes là-dedans ! » s'écria Bess après avoir louché sur la brochure d'un voisin.

Alice feuilleta rapidement la sienne, s'arrêtant de temps à autre pour examiner quelque extraordinaire spécimen de vieille argenterie anglaise ou de porcelaine orientale.

« Reviens quelques pages en arrière », lui dit Marion.

Alice s'exécuta. A son étonnement, elle découvrit la reproduction d'un médaillon sur lequel on voyait une tête de lion ! Le bijou avait appartenu à un homme nommé Galen Kaiser.

Etait-ce à ce bijou que se référait Ted Henri dans le message sibyllin qu'il avait envoyé à sa sœur ?

Les jeunes détectives prirent soin de ne pas discuter ouvertement de leur trouvaille. Au lieu de cela, elles promenèrent leur regard sur le public, cherchant quelqu'un qui pourrait correspondre à la description faite par Jacqueline, de son frère. Deux hommes lui ressemblaient, mais l'un d'eux avait un gros nez, l'autre la peau grêlée. Or Jackie n'avait mentionné aucun de ces signes particuliers.

Puis les enchères commencèrent et l'attention des filles se porta sur un service à thé doré. Les tasses étaient disposées sur une table pivotante au plateau mobile, recouvert de velours.

« On fait une offre ? plaisanta Marion au moment où le commissaire-priseur annonçait les enchères.

— Cinq cents dollars ! Qui dit mieux ?

— S'il y a une chose dont je n'ai pas besoin, c'est de tasses à thé en or ! » répondit Alice en riant.

Divers objets ayant appartenu à des gens riches furent présentés au public puis disparurent les uns après les autres : Alice et les cousines attendaient impatiemment le médaillon.

« Le voilà ! » murmura Bess quand le bijou surgit sur la table, étincelant à la lumière des spots.

De l'endroit où elles étaient assises, les jeunes détectives ne le voyaient pas en entier. Le commissaire-priseur mit la main sur le micro et se tourna pour parler à son assistant, cachant complètement la table aux yeux des filles. Quand il s'adressa de nouveau aux éventuels acheteurs, les amies constatèrent avec surprise que le médaillon avait disparu. A sa place était exposé un petit plat en or !

« Pourquoi le médaillon a-t-il disparu ? » chuchota Bess à ses compagnes.

Celles-ci ne répondirent pas. Le commissaire-priseur annonça bientôt qu'il y avait eu un changement dans l'ordre des ventes et que le médaillon serait mis aux enchères dans quelques instants.

« Quelqu'un est peut-être en train de lui substituer un faux, reprit Bess.

— Non, ça serait trop évident », déclara Marion.

Quand le médaillon réapparut, Alice se pencha en avant. Elle ne voulait pas perdre une miette de ce qui allait se passer.

Les enchères commencèrent. Cent, deux cents, et jusqu'à quatre cent cinquante dollars !

« Pourtant son prix d'estimation n'est que de cent cinquante », dit Alice aux cousines.

Elle leva la main pour surenchérir.

« Tu es folle ? chuchota Bess.

— Cinq cents dollars ! annonça le commissaire-priseur.

— C'est pour faire un test... » expliqua la jeune détective.

Puis elle attendit que l'un des deux offrants enchérisse. Or, eux qui avaient semblé singulièrement décidés à acquérir l'objet se taisaient maintenant.

« Une fois, deux fois ! » dit lentement le commissaire-priseur.

Il leva son marteau, prêt à l'abattre sur son bureau. Affolée, Alice se rendit compte qu'elle était sur le point de devenir la propriétaire d'un bijou dont elle n'avait pas vraiment envie. De plus, pour le payer, il lui faudrait vider son compte d'épargne !

Chapitre 7

L'imposteur

Le commissaire-priseur garda son marteau en l'air un moment de plus. Il lança un regard aux deux hommes qui avaient enchéri les premiers sur le médaillon. Le cœur d'Alice battait violemment. Pourvu que l'un d'eux lève la main! pria-t-elle.

Elle ne vit pas lequel des deux hommes levait la main, mais l'instant d'après le commissaire-priseur criait :

« Cinq cent cinquante dollars! Qui dit mieux?

— Ouf!» fit Bess, alors qu'Alice, à son côté, poussait elle aussi un soupir de soulagement. « Qu'aurais-tu fait si tu était restée avec le médaillon sur les bras?

— Le ménage du bureau de mon père jusqu'à la fin de mes jours!

— Peux-tu m'expliquer pourquoi tu as pris ce risque? demanda Marion.

— J'ai agi sur une impulsion. Je pensais qu'en participant à la vente, j'obtiendrais un indice qui me permettrait de comprendre pourquoi ces deux hommes veulent absolument ce médaillon.

— Mais cela ne t'a avancée à rien », constata Marion.

Alice acquiesça. Elle se demanda si les deux rivaux allaient continuer à pousser les enchères, mais le bijou fut adjugé à celui qui avait offert cinq cent cinquante dollars.

Les filles assistèrent avec beaucoup d'intérêt à la suite de la vente. Une femme obtint un service de Meissen. Des candélabres de l'époque géorgienne allèrent à quelqu'un d'autre et un assortiment curieux de sonnettes de table à une troisième personne. Les hommes qui avaient mis une enchère sur le médaillon restèrent silencieux jusqu'à la fin.

A ce moment, Alice se leva.

« Je vais aller "féliciter" l'acquéreur, dit-elle à ses amies.

— Nous t'accompagnons », déclara Bess en suivant sa cousine et Alice à travers la foule.

L'homme qui avait acheté le médaillon était petit et complètement chauve. Sa tête brillait comme une bille de billard, ce qui permit à Alice de ne pas le perdre de vue. Il se rendit à un comptoir déjà envahi par d'autres acheteurs venus réclamer leurs acquisitions. Quand une femme s'en éloigna avec un petit carton, il se hâta de prendre sa place.

Alice et ses amies se glissèrent derrière lui. Par-dessus son épaule, elles lurent le nom indiqué sur le chèque qu'il signait : Russell Kaiser!

Etait-ce un parent de Galen Kaiser? Dans ce cas, pourquoi devait-il acheter aux enchères un objet qui appartenait à sa famille?

« Monsieur Kaiser, dit Alice alors qu'un employé remettait le médaillon à l'homme, je voudrais vous...

— C'est vous qui avez fait monter les enchères à cinq cent cinquante? grogna l'autre.

— Oui, avoua Alice un peu embarrassée.

— Hum.

— Pourrais-je vous poser une ou deux questions? poursuivit hardiment la jeune détective.

— A quel sujet?

— A propos du médaillon, évidemment.

— Je regrette, mademoiselle. Je dois me rendre à un dîner et je suis déjà en retard. Excusez-moi. »

Marmonnant quelque chose entre ses dents, Kaiser passa à côté d'elle et se hâta vers une sortie.

« Pas très aimable, le bonhomme! maugréa Marion. Je me demande pourquoi il attache tant d'importance à ce médaillon.

— Nous ne le saurons sans doute jamais! » fit Bess, déçue.

A cet instant, une voix derrière elles interrompit leur conversation.

« Mademoiselle Alice Roy? »

Quand les filles se tournèrent, elles

reconnurent l'autre amateur du médaillon. C'était un homme dans la quarantaine, blond, avec d'épais sourcils droits rapprochés, un nez long et mince.

« C'est moi, répondit la jeune détective, étonnée qu'il connaisse son nom.

— Je m'appelle Russell Kaiser.

— Hein ? fit Bess, incrédule.

— Mais non, Russell Kaiser, c'était..., commença Alice, puis elle se mordit la lèvre.

— Je vous ai reconnue d'après une photo parue dans le journal, poursuivit l'homme. L'article qui l'accompagnait parlait d'une énigme que vous veniez de résoudre.

— Laquelle ? demanda Alice.

— Désolé, mais je ne m'en souviens plus, répondit l'autre en rougissant.

— Vous appelez-vous réellement Kaiser ? demanda Marion, incapable de se contenir plus longtemps.

— Evidemment !

— Nous ne voudrions pas avoir l'air de vous soupçonner, dit Bess, mais le monsieur qui vient d'acheter le médaillon prétend que c'est *lui*, Russell Kaiser.

— Quoi ? Impossible !

— C'était ce nom-là qui était imprimé sur le chèque qu'il a signé... »

Aussitôt, leur interlocuteur sortit son carnet de chèques, puis divers papiers d'identité qu'il passa rapidement en revue.

« Il ne m'en manque aucun, constata-t-il en les remettant dans la poche de sa veste. Je dois néanmoins prévenir ma banque pour le cas où cet homme essaierait de tirer de l'argent sur mon compte!»

Il se précipita vers un employé de la salle des ventes, lui parla brièvement, puis revint auprès des filles.

«Monsieur Kaiser..., commença Alice.

— Appelez-moi Russell.

— Bien. Serait-ce très indiscret de ma part de vous demander pourquoi vous vouliez absolument acquérir ce médaillon au point d'en offrir près de quatre fois sa valeur?»

L'homme hésita un moment avant de répondre.

«Je viens de rentrer d'un voyage d'affaires et j'ai trouvé chez moi une lettre d'un vieil ami de mon oncle, commença-t-il.

— Votre oncle M. Galen Kaiser?

— Oui. Cet ami me disait qu'il désirait posséder le médaillon pour des raisons sentimentales. Mais tous les biens de mon oncle avaient déjà été envoyés à la salle des ventes et le seul moyen de récupérer le bijou, c'était de le racheter. C'est pourquoi j'ai poussé les enchères.

— Comme c'est dommage!» s'écria Bess. Elle pensait que non seulement l'homme n'avait pu obtenir l'objet pour l'ami de son oncle, mais qu'en plus c'était un imposteur qui l'avait emporté!

«Etes-vous sûr que l'ami de votre oncle ne voulait le médaillon que pour des raisons sentimentales?» demanda Alice.

Russell parut surpris.

«Que voulez-vous dire?

— Eh bien, ça ne vous paraît pas étrange qu'une autre personne ait offert autant pour ce bijou?

— Alice a raison, approuva Bess. Ce médaillon doit avoir quelque chose de particulier.

— Je ne vois pas ce que ça pourrait être, dit Russell. J'ai proposé autant d'argent qu'il m'était possible de dépenser, mais... » Sa voix devint un murmure, comme s'il allait se mettre à pleurer. « Mon oncle était un homme très bon. Il avait beaucoup d'amis. Celui qui m'a écrit a secouru mon oncle à une époque où il se trouvait dans la gêne. »

Les filles ne connaissaient pas la famille Kaiser, mais le chagrin du neveu les toucha. Si seulement elles avaient pu arrêter l'imposteur et lui reprendre le médaillon!

« Voulez-vous m'aider à retrouver celui qui se fait passer pour moi? supplia Russell.

— Bien sûr, dit Bess.

— Je vais en donner un signalement détaillé à la police, déclara Alice et elle se leva pour se rendre au téléphone le plus proche.

— Attendez! fit Russell. Laissons cela pour l'instant. Ma famille, voyez-vous, est assez connue, et je voudrais éviter toute publicité au sujet de cette affaire. Si vous ne réussissez pas à mettre personnellement la main sur cet individu, nous pourrons toujours nous adresser à la police à ce moment-là. »

Après avoir hésité une minute, Alice accéda au désir de Kaiser numéro deux.

« Nous ferons tout notre possible, dit-elle.

Où peut-on vous joindre ?
— Ici, répondit l'homme en tendant une carte de visite. C'est mon adresse privée. »
A la surprise d'Alice, il n'habitait pas un quartier chic de l'est, mais au centre de la ville, à l'ouest de la Cinquième Avenue.
« Dès que nous apprendrons quelque chose, nous nous mettrons en rapport avec vous. »
En retournant à l'appartement de la tante d'Alice, les filles discutèrent des étranges événements de la soirée.
« C'est vraiment bizarre, commenta Marion. Nous allons à une vente aux enchères pour chercher Ted Henri et, pour finir, on nous charge de poursuivre un imposteur qui se fait appeler Russell Kaiser. »
Alice hocha pensivement la tête.
« A mon avis, cette énigme-là n'a rien à voir avec l'autre ! »

Chapitre 8

Un précieux secret

Le lendemain matin, les filles se levèrent de bonne heure.

« Qu'est-ce qu'on fait aujourd'hui ? demanda Bess quand elles furent réunies autour de la table du petit déjeuner.

— Je pense que nous devrions aller au commissariat regarder les fiches signalétiques. Cela nous mènera peut-être sur la piste du faux Russell Kaiser.

— Bonne idée..., approuva Marion.

— Je voudrais également appeler Jackie simplement pour m'assurer qu'aucun des deux hommes que nous avons vus hier soir n'était Ted. »

Dès qu'Alice eut avalé sa dernière cuillère d'œuf à la coque, elle téléphona au mannequin. Jacqueline lui confirma que son frère n'avait ni gros nez, ni traces de petite vérole sous les yeux.

« Je regrette que vos recherches n'aient pas été couronnées de succès ! ajouta-t-elle.

— Oui, mais entre-temps, nous sommes tombées sur une autre énigme intéressante. »

Alice parla à la jeune femme du médaillon à la tête de lion et des deux Russell Kaiser.

« J'ignore s'il y a un rapport entre l'emblème sur le message de votre frère et la figure sur le bijou, dit-elle, mais, de toute façon, nous suivons cette affaire. Dans un instant, je pars au commissariat.

— La détective est sur les dents ! plaisanta Jacqueline.

— En effet, mon stock de mystères augmente d'heure en heure. Je commence même à en avoir trop ! Après avoir parlé au commissaire de police, je dois passer voir M. Reese à son bureau.

— Oh ! A côté, il y a une merveilleuse petite boutique de vêtements ! Vous devez absolument y jeter un coup d'œil. »

Ensuite, le mannequin donna une adresse à Alice. Riant sous cape, la jeune détective se demanda si les articles du magasin de mode seraient aussi bizarres que le maquillage dont on avait affublé Bess.

« Si nous achetons une robe, nous vous la montrerons », promit-elle en conclusion.

Bess et Marion avaient déjà passé leurs manteaux et attendaient impatiemment qu'Alice mît le sien. Puis les filles dirent au revoir à Mlle Cécile Roy qui s'apprêtait également à sortir.

« Marjorie et moi ferons des comptes ce

matin, dit-elle à sa nièce. Nous verrons alors ce que nous a rapporté la présentation des modèles.

— Une petite fortune, j'espère!» répondit Alice.

A cet instant, le téléphone sonna.

«Prends la communication, ma chérie.»

A la surprise d'Alice, c'était un télégramme de son père. Avec attention, elle écouta le message que lui lut l'opérateur :

IMPOSSIBLE TE JOINDRE PAR TÉLÉPHONE. ENVOIE PAPIERS IMPORTANTS. AUJOURD'HUI. PRIERE LES ATTENDRE.

«Etrange..., murmura Alice quand elle eut raccroché.

— Qui était-ce? s'informa Bess.

— Mon père — je veux dire : un télégramme de mon père.

— Très étrange, en effet, observa Marion. Il est vrai que nous sommes rentrées tard hier soir, mais il aurait pu te téléphoner ce matin. Tu devrais peut-être essayer de l'appeler, lui.»

Alice avait eu la même idée. Elle donna deux coups de fil : l'un chez elle où la gouvernante, Sarah, lui dit que son père était déjà parti au bureau et un autre, au bureau, où la secrétaire l'avisa que M. Roy serait absent toute la journée pour affaires.

«Je ne peux pas prendre le risque de sortir,

fit Alice. Si papa me demande d'attendre ces documents, je dois lui obéir. »

Elle ôta son manteau et le rangea dans la penderie.

« Bien entendu, cela ne veut pas dire que vous devez rester avec moi, les filles », ajouta-t-elle.

Bess et Marion se regardèrent d'un air indécis. Finalement, Marion déclara que cela avancerait un peu leur enquête si Bess et elle allaient consulter le fichier de la police.

« Bonne idée, approuva Alice. A votre retour, j'aurai certainement reçu les papiers et nous pourrons nous rendre chez M. Reese.

— Tu es sûre que cela ne t'ennuie pas ? demanda Bess, sachant qu'Alice aurait aimé examiner les photos personnellement.

— Sûre et certaine. Vous avez vu le même homme que moi aux enchères ! »

Rassurées, les cousines s'apprêtèrent à partir.

« Oh, attendez une minute, dit Alice. Prenez ceci. C'est l'adresse d'un magasin de vêtements dont m'a parlé Jacqueline. Comme notre séjour à New York ne sera pas très long, vous devriez peut-être vous y arrêter aujourd'hui avant de rentrer.

— Fantastique ! » s'exclama Bess.

Alice prit deux parapluies dans le vestiaire et en tendit un à chacune des deux cousines, précisant à Bess :

« Il paraît qu'il va pleuvoir aujourd'hui. Or, tu ne veux sûrement pas abîmer tes jolies frisettes ? »

Les petites boucles autour du visage de son amie commençaient à se défaire, mais Bess était décidée à garder sa coiffure aussi longtemps que possible.

En réponse, elle leva simplement les yeux au ciel et poussa un soupir d'exaspération.

Laissant Alice attendre les mystérieux documents, Mlle Roy suivit les cousines dehors. Quand elles arrivèrent au poste de police, après avoir déposé en route la tante d'Alice, Marion et Bess se présentèrent à l'officier de service.

« Nous sommes des amies d'Alice Roy, la détective amateur », expliqua Marion.

Ayant entendu parler d'Alice, le policier sourit :

« L'aidez-vous à élucider une affaire ?

— Oui, répondit Marion, et c'est pour cela que nous sommes ici. Nous aimerions jeter un coup d'œil à vos photos d'identité, si c'est possible. Nous cherchons un homme dont nous ignorons le nom.

— Que lui reprochez-vous ?

— De s'être fait passer pour un de nos clients. Celui-ci ne veut pas que cela se sache officiellement. Nous avons promis d'essayer de trouver cet imposteur toutes seules.

— Je comprends. Eh bien, allez-y. Vous pouvez consulter notre fichier. »

Le policier les mena dans une pièce et leur remit les photos demandées.

« Merci, dirent les cousines à l'unisson.

— Si vous reconnaissez votre loustic, prévenez-moi!» leur recommanda le policier en souriant.

Les jeunes détectives examinèrent les photos pendant plusieurs minutes. De temps à autre, elles s'arrêtaient pour scruter un visage qui leur paraissait familier. Quelques-uns des hommes avaient des traits similaires à ceux de l'imposteur : un crâne chauve, par exemple, mais la forme des yeux ou du nez était différente.

«Hé! Regarde celui-là!» s'écria Bess alors qu'elles parvenaient à la fin de la pile.

Les filles avaient sous les yeux la photo d'un homme entre trente-huit et quarante-deux ans. Il avait d'épais sourcils droits très rapprochés, un long nez mince et une bouche charnue. Des cheveux blondasses encadraient sa figure.

«Russell Kaiser! s'écria Marion. Pas le chauve qui a acheté le médaillon, et que nous avons considéré comme l'imposteur, mais l'autre qui s'est adressé à Alice et nous a demandé de l'aider!

— En réalité, il s'appelle Pete Grover et il est recherché dans l'Etat de Californie pour faux et usage de faux. C'est écrit sous la photo.

— Le policier pourra peut-être nous donner d'autres renseignements à son sujet. Allons le voir.»

L'officier fut très intéressé d'apprendre que les filles avaient trouvé parmi les photos celle d'un homme qui ressemblait à quelqu'un qu'elles avaient rencontré la veille.

« Vous dites l'avoir vu à une vente aux enchères. A-t-il acheté quelque chose ?

— Non, répondit Marion. Mais il a fait des offres pour un médaillon qu'il n'a pas obtenu.

— Nous allons vérifier tout ça, dit le policier.

— Tu y comprends quelque chose ? demanda Bess à sa cousine quand elles sortirent du poste de police.

— Non, mais j'ai l'impression que, pour trouver la réponse à ce mystère, nous devrons enquêter davantage. Bien que Pete Grover ait des cheveux un peu différents, je suis sûre que c'est l'homme que nous avons vu hier soir. »

Les filles se dirigèrent vers la boutique de mode située dans la 67e rue Est. C'était un petit magasin rempli de vêtements d'importation fort chers.

« Rien d'étonnant à ce que Jacqueline s'habille ici », commenta Bess.

Elle fit glisser les cintres sur la tringle du présentoir et s'arrêta pour regarder une combinaison en lamé. « Il faut être squelettique pour entrer dans ce pantalon ! »

Marion rit.

« Ce qui n'est pas ton cas !

— Très drôle... » grommela Bess, habituée aux taquineries de sa cousine au sujet de ses rondeurs. Elle poussa la combinaison de côté. « Ah, voilà quelque chose de joli. J'ai grande envie de l'essayer. »

Avant que Marion ait eu le temps de regarder, Bess fila avec le vêtement dans une

cabine au fond du magasin. Quelques minutes plus tard, une vendeuse la suivit, puis revint vers le «stayak» chercher une taille plus grande.

Marion s'assit sur un pouf de velours et attendit Bess. Des bruits bizarres lui parvenaient de la cabine : soupirs, puis rire étouffé.

«Ça y est!» annonça enfin Bess.

Elle apparut et guetta la réaction de sa cousine.

«Ça te plaît?»

Marion ravala sa salive. Bess portait une combinaison de parachutiste taillée dans un tissu noir et argent qui ballonnait sur son corps puis enserrait étroitement ses chevilles. Elle se tourna vers une glace et sourit à Marion.

«Tu as perdu ta langue?

— Euh... tu es sensationnelle.

— Merci du compliment, répondit Bess,

visiblement contente. Quel est le prix de cet ensemble ? demanda-t-elle à la vendeuse.

— Quatre cent vingt-cinq dollars. Ce n'est pas cher.

— Quatre cent vingt-cinq dollars! répéta Bess, horrifiée. Quel dommage! Cette combinaison me plaît beaucoup.

— A River City, tu trouveras peut-être une couturière qui te fera un modèle similaire, la consola Marion.

— Une telle coupe, mesdemoiselles, est inimitable! déclara la vendeuse d'un air hautain.

— J'en suis persuadée, répliqua Marion. Viens, Bess, allons-nous-en!

— Je suis si déçue! s'écria sa cousine quand elles furent de nouveau dans la rue.

— Dis-toi une chose : si tu avais acheté cette combinaison, Daniel aurait pensé que quelque chose était arrivé à cette bonne vieille Bess qu'il connaissait autrefois! De plus, ce genre de vêtement sied mieux à quelqu'un de mince.

— Cette bonne vieille Bess... Je ne réussirai jamais à être du genre très sophistiqué, je suppose... »

De retour à l'appartement, les filles rendirent compte à Alice de leur sortie. Marion décrivit le modèle noir et argent que Bess avait voulu acheter, puis les cousines relatèrent leur visite au commissariat. L'histoire de la photo stupéfia Alice.

Marion exprima une idée qui la préoccupait depuis un instant :

« Mais si ce Pete Grover est bien l'imposteur, pourquoi s'est-il présenté à toi? demanda-t-elle à Alice.

— Je n'en sais rien.

— Et les papiers de ton père, sont-ils arrivés? s'informa Bess.

— Non. Le facteur a apporté quelques lettres pour tante Cécile. C'est tout. Mais je suppose que mon père a dû expédier les documents par exprès. Ils pourraient donc me parvenir à n'importe quel moment de la journée. »

Les filles se préparèrent un déjeuner léger. Quand elles eurent terminé leur repas, il était presque deux heures.

« Je devrais vraiment aller chez M. Reese, dit Alice.

— Si tu veux, Bess et moi pouvons rester ici et attendre les papiers..., proposa Marion.

— Mais il faudra peut-être qu'Alice en prenne connaisance immédiatement, objecta Bess. Je pense qu'elle devrait patienter encore un peu.

— Tu as raison, approuva son amie, mais cela m'ennuierait beaucoup de passer toute la journée enfermée dans l'appartement de tante Cécile pour une lettre qui risque de ne jamais arriver. La secrétaire de mon père pourra peut-être me dire où il est. Je n'aime pas le déranger pendant ses rendez-vous, mais pour une fois j'y suis bien obligée. »

Elle appela de nouveau le bureau de l'avocat. A sa grande joie, son père était rentré plus tôt que prévu.

« Que se passe-t-il, ma chérie ? demanda affectueusement James Roy.

— Tu m'as bien envoyé un télégramme aujourd'hui ?

— Non.

— Et des documents importants ?

— Des documents ? Pas du tout ! »

Brièvement, Alice résuma à son père les derniers événements, et lui lut pour terminer le mystérieux message.

« C'est un faux, Alice... dit l'avocat d'un ton grave. De toute évidence, quelqu'un voulait t'empêcher de quitter l'appartement ! »

Chapitre 9

Fraude dans la mode

Mais qui ? Et pourquoi ? se demanda Alice.

Quand M. Roy apprit les incidents qui s'étaient produits au gala de bienfaisance, il devint encore plus sérieux.

« Quelqu'un doit penser que tu es sur le point de résoudre l'énigme.

— Tu me flattes, papa ! En fait, j'en suis encore loin !

— Les arbres te cachent peut-être la forêt, dit l'avocat. Avant que tu ailles t'y perdre, promets-moi de m'appeler tous les jours !

— Je te le promets, papa. Et je ne me perdrai pas, tu verras. »

La voix chaude, rassurante de son père avait suffi à redonner confiance à Alice.

« Nous aurons un après-midi chargé, annonça-t-elle à ses amies. J'ai réfléchi à ma conversation de ce matin avec Jacqueline.

— Et alors ? fit Marion.

— Je me demande si elle n'a pas transmis des renseignements au voleur des modèles, lequel voleur s'est dit qu'il allait m'empêcher d'aller chez Reese aujourd'hui.

— Crois-tu que Jacqueline soit complice en quelque sorte ? demanda Bess, incrédule.

— Non, mais elle pourrait servir d'informatrice sans le savoir. »

Les amies réfléchirent un moment à cette possibilité.

« Chris et elle sont les deux seules personnes à être au courant de notre enquête pour M. Reese, observa Marion.

— Et c'est seulement quelques minutes après avoir parlé à Jackie que j'ai reçu le télégramme, ajouta Alice.

— Si nous la rappelions ? suggéra Marion.

— Elle est sûrement à son travail maintenant, dit Bess. Un mannequin aussi connu qu'elle doit être très occupé.

— De toute façon, j'aimerais d'abord voir M. Reese, trancha Alice. Et je ne veux pas redonner encore une fois mon emploi du temps.

— Surtout pas à un voleur ! » s'écria Bess.

Quand les filles arrivèrent au bureau du couturier, Alice apprit avec plaisir que M. Reese était rentré de son voyage d'affaires et parti en ville enquêter pour son propre compte !

« A-t-il laissé un message pour moi ? » demanda-t-elle à l'hôtesse.

De ses doigts aux longs ongles vernis, celle-ci feuilleta des papiers dans un bac métallique devant elle.

« Non, je regrette, dit-elle. Vous pourriez

peut-être aller lui parler personnellement. Il est chez Zanzibar. »

Pour les filles, ce nom n'évoqua rien.

« C'est un studio de photographe, expliqua la réceptionniste. Cette maison travaille beaucoup pour les catalogues des plus importants grands magasins.

— Très bien, dit Alice. Si jamais M. Reese et moi nous nous croisions, voulez-vous lui dire que je le cherche ?

— Entendu. »

La réceptionniste inscrivit sur un papier l'adresse du studio. Celui-ci se trouvait au cœur du quartier de la confection. C'était un bâtiment gris et, sans l'enseigne sur laquelle on lisait « Zanzibar », les jeunes détectives seraient sans doute passées à côté. L'entrée était modeste, elle aussi. Seules quelques publicités en couleurs extraites de vieux catalogues ornaient les murs.

Alice en tête, les filles se dirigèrent vers un comptoir au fond du hall où trônait une femme imposante. Celle-ci les salua aimablement, mais dès qu'Alice eut mentionné le nom du couturier, elle se raidit.

« Il discute avec l'un de nos photographes, dit-elle. Je suis sûre qu'il ne veut pas être dérangé.

— Mais Alice est en train d'essayer de l'aider à enquêter sur les vols commis la nuit dernière à l'hôtel ! » lâcha Bess.

La femme regarda fixement Alice.

« Vous n'avez guère l'air d'une détective », déclara-t-elle.

A ce moment, le bruit d'une dispute filtra à travers une porte éloignée. Alice reconnut aussitôt la voix de M. Reese. Elle passa devant la réceptionniste, Bess et Marion sur ses talons.

« Vous ne pouvez pas entrer là-bas ! » cria la grosse femme, mais les filles avaient déjà ouvert la porte.

« Nos mannequins sont payés à l'heure, monsieur Reese, hurlait le photographe. Or, vous êtes en train de nous faire perdre mon temps et le leur ! »

Une jeune fille, qui se tenait devant un écran de papier bleu, sortit du cercle de lumière que les projecteurs déversaient sur elle.

« Je commence à avoir trop chaud, moi », se plaignit-elle.

Mais seules les jeunes détectives entendirent sa remarque.

« Je vais vous faire arrêter, Vinton ! cria le couturier.

— Eh bien, allez-y !

— Oh, Alice, je t'en supplie, partons d'ici ! murmura Bess.

— Et votre assistante aussi ! » ajouta Reese.

Pointant un doigt menaçant, il se précipita vers une femme en blouse et en pantalon qui se tenait à côté du mannequin.

« Comment vous appelez-vous ? » gronda-t-il en écartant brutalement un des projecteurs.

La lampe oscilla, puis s'écrasa sur le sol où le verre se brisa en mille morceaux.

« Oh ! cria la femme alors qu'un tesson glis-

sait vers son pied. Vous êtes fou à lier!»

Cette remarque ne fit qu'accroître la fureur du couturier.

«Et vous n'avez encore rien vu!» vociféra-t-il.

Il poussa le jeune mannequin de côté et entreprit de déchirer le papier qui servait de fond.

«Monsieur Reese! Monsieur Reese, un instant s'il vous plaît!» appela Alice depuis le seuil.

Mais le styliste ne lui prêta aucune attention. Cramoisi, il se retourna vers le photographe qui, d'une main ferme, le saisissait aux épaules.

«Je vais vous jeter dehors! hurla ce dernier.

— Oh! mon Dieu! Séparez-les!» cria Bess en tremblant.

Reese lança son poing dans la figure de l'homme, mais le rata.

Entre-temps, le vacarme avait alerté tous les occupants du studio où d'autres séances de photos avaient lieu derrière des portes closes. Les uns après les autres, ils se glissèrent dans l'atelier de Vinton. Finalement, deux hommes maîtrisèrent Reese avant que celui-ci n'ait réussi à donner un autre coup.

« Je vous enverrai ma facture pour les dégâts que vous avez causés ! cria Vinton.

— Et moi, je vous ferai payer pour chaque modèle que vous m'avez fauché ! » rétorqua le couturier.

Alice s'approcha de lui.

« Monsieur Reese, dit-elle d'un ton ferme, attirant enfin son attention.

— Qu'est-ce que vous voulez ? grogna l'autre.

— Gardez-vous de porter des accusations sans preuve. »

Reese éclata d'un rire sardonique. Il plia ses bras pour se dégager de l'étreinte des deux hommes.

« Très drôle ! Etes-vous également avocat ? »

Pour conserver son calme, Alice prit une profonde inspiration. Bess et Marion se placèrent derrière elle.

« Non, répondit la jeune détective, mais je sais que la diffamation peut attirer des ennuis à son auteur.

— J'ai toutes les preuves nécessaires ! répliqua le couturier d'une voix rageuse. Ces hommes ne sont que de minables petits escrocs. Si jamais je découvre qui les a chargés de photographier mes créations, je les traînerai devant un tribunal!»

Les filles se demandèrent si c'était la maison Zanzibar qui avait photographié les copies des modèles de M. Reese reproduites dans le catalogue de Millington. Alice remarqua qu'une page déchirée dépassait de la poche du manteau du couturier.

«Provient-elle du catalogue Millington? demanda-t-elle.

— Non, de celui de Chalmers», répliqua le couturier en se référant à un grand magasin très chic et très cher.

D'un geste brusque, il sortit le morceau de papier et le brandit sous le nez d'Alice. Sa main tremblait encore de rage.

«Tenez, regardez par vous-mêmes. Vous voyez ces deux robes? De la marchandise de luxe, n'est-ce pas? Pas du tout le genre d'articles que fabrique Millington. Mais ce sont mes modèles aussi!

— Qu'est-ce qui vous fait croire que le photographe est lié à ce plagiat?

— Parce qu'il a refusé de me dire qui lui a passé la commande. Il couvre quelqu'un, j'en suis sûr!»

Chapitre 10

Autre découverte

Alice examina les images contenues dans le catalogue de Chalmers. Les deux superbes robes que Reese lui avait indiquées étaient en fait attribuées à son concurrent Arnaud Hans!

Une foule de questions se pressait dans la tête de la jeune détective, mais Alice décida de ne les poser qu'après leur départ du studio.

« Allons-nous-en, dit-elle à M. Reese. Nous n'avons plus rien à faire ici. »

L'irascible couturier parut être de son avis et se dirigea vers la porte.

« Vous aurez de mes nouvelles par mon avocat! lança-t-il à Vinton.

— Et réciproquement », répliqua avec froideur le photographe quand Reese sortit, suivi des filles.

Les jeunes détectives accompagnèrent le

couturier jusqu'à son bureau. Après avoir défilé devant la réceptionniste, elles pénétrèrent dans une pièce lambrissée où M. Reese les invita à s'asseoir.

« Qui a vu votre collection de printemps avant que ne se produisent tous ces incidents ? lui demanda Alice.

— Très peu de personnes.

— Cela vous ennuierait de me dire leurs noms ?

— Chris Chavez, entre autres.

— Chris Chavez ? s'étonna Alice. Je croyais qu'une collection ne devait être photographiée qu'après avoir été présentée au public.

— En fait, Chris n'a pas pris de photos. Comme c'est un très bon ami, je lui ai montré quelques modèles.

— Qui d'autre a eu accès à vos créations ? interrogea Marion.

— Seulement trois, tout au plus quatre membres de mon personnel. Or j'ai une absolue confiance en eux tous. Et maintenant, veuillez m'excuser : j'ai plusieurs rendez-vous importants. »

M. Reese reconduisit les filles à la porte, indiquant qu'il désirait mettre fin à la conversation.

« Je crois que nous l'avons un peu vexé en soupçonnant quelqu'un de son entourage, dit Marion à Alice quand elles sortirent.

— Et moi, je crois qu'il est simplement bouleversé par tous ces fâcheux événements, déclara Bess.

— En tout cas, il ne nous aide guère

à éclaircir son affaire, fit observer Alice. Chacune de nous devra se creuser doublement les méninges.

— Moi, avec mes cheveux courts, j'y arriverai peut-être mais Bess, avec son casque de bouclettes, risque d'avoir du mal», plaisanta Marion.

Pour éviter l'échange habituel de taquineries entre les cousines, Alice déclara brusquement :

«J'ai le choix!

— De quel choix parles-tu? s'enquit Bess.

— Je peux demander un job soit à la Millington Company, soit à Chalmers.

— Tu plaisantes? s'écria Marion. Tu n'as jamais travaillé de ta vie, sauf pour ton père...

— En effet, mais il n'est jamais trop tard pour commencer. C'est le seul moyen que j'ai d'obtenir des renseignements, de l'intérieur.»

Les cousines durent admettre que l'idée d'Alice était bonne.

«Tu sais taper à la machine? s'informa Bess.

— Un peu.

— Sténographier? demanda Marion.

— Non, mais je pourrais laver le plancher, si nécessaire, répondit Alice en riant. Et vous, que savez-vous faire?

— Quoi? Il faut que nous dénichions un job nous aussi? s'écria Bess.

— Evidemment. Il me sera impossible de travailler à deux endroits à la fois.

— Ah oui, c'est vrai. Eh bien, nous pouvons toujours essayer. Mais si nous mangions d'abord quelque chose ? J'ai une de ces fringales ! »

Les filles entrèrent dans le restaurant le plus proche. Alice trouva un annuaire de Manhattan dans l'arrière-salle. Elle y chercha les adresses de Millington et de Chalmers et les nota rapidement sur son carnet. Ensuite, elle alla rejoindre Bess et Marion qui étudiaient déjà le menu.

« Savez-vous que cela fait à peine trois heures que nous avons déjeuné ! ironisa Alice.

— Bon, alors je ne prendrai qu'un dessert, répondit Bess, mais je ne peux pas aller travailler l'estomac vide.

— En supposant qu'on nous embauche..., dit Marion. Dans le cas contraire, que devons-nous faire, Alice ?

— Retrouver Jacqueline et découvrir à qui elle a pu parler de l'affaire Reese. »

Les cousines approuvèrent ce plan. D'un geste brusque, Bess ferma son menu comme si elle était parvenue à une décision.

« Je continue à penser à cette combinaison noir et argent, déclara-t-elle. Tout compte fait, si en me privant de sucreries je perdais quelques kilos...

— Et quatre cent vingt-cinq dollars, l'interrompit Marion.

— Je pourrais peut-être l'acheter quand elle sera en solde !

— D'ici là, elle sera complètement démodée, assura Alice. Mais si vous ne voulez pas manger, allons-nous-en ! »

Elle se leva. Les autres l'imitèrent. Alors

que les filles s'apprêtaient à sortir, quelqu'un ouvrit la porte du restaurant et la tint un moment pour une femme dans un fauteuil roulant.

A travers la porte ouverte, Alice entendit un homme en saluer un autre dans la rue.

« Ma parole, mais c'est Chris Chavez ! Comment vas-tu, mon vieux ?

— Très bien, Sam. Excuse-moi si je ne m'arrête pas pour te parler : je suis horriblement pressé. »

Alice regarda avec stupéfaction le deuxième interlocuteur. Il avait une coupe dc cheveux « sculptée », très à la mode, et une fine moustache. En tout cas, ce n'était certainement pas le photographe qu'elle connaissait !

Il agita la main dans la direction de son ami et héla un taxi. Entre-temps, le fauteuil roulant continuait à bloquer la porte et les filles durent attendre. Alice se mordit la lèvre. « Pourvu que je puisse sortir assez vite pour parler à cet homme ! » se dit-elle. Etait-ce vraiment Chris Chavez ? Et, dans l'affirmative, qui était la personne qui s'était fait passer pour lui ?

Marion, qui avait elle aussi entendu la conversation, tira Alice par la manche.

« C'est incroyable..., chuchota-t-elle. Maintenant, nous avons deux imposteurs dans notre affaire !

— Oui, et j'aimerais bien savoir comment résoudre ce double dilemme ! »

Finalement, la femme dans le fauteuil roulant franchit le seuil. Les filles se précipitèrent dehors, mais, au même instant, Chavez monta dans un taxi qui s'était rangé le long du trottoir. Avant que les amies aient pu le rejoindre, le véhicule démarra !

« Qu'allons-nous faire maintenant ? se lamenta Bess.

— Suivre notre plan originel, répondit Alice. Jouons à pile ou face. Face, Chalmers, c'est pour vous, pile, c'est pour moi. »

Un moment plus tard, Alice partait seule vers la société Millington, tandis que Bess et Marion prenaient un bus pour se rendre chez Chalmers. Quand les cousines atteignirent le bâtiment administratif de ce grand magasin, elles ne purent s'empêcher d'en comparer le hall avec celui du studio Zanzibar. Aux murs étaient accrochées des couvertures de catalogues dans des cadres dorés et du daim tapissait les murs, créant une atmosphère de luxe.

«J'ai le trac», avoua Bess alors que Marion et elle se rendaient au bureau du personnel.

Une jolie femme qui portait des lunettes à monture dorée les accueillit avec un sourire.

«Ah! vous venez pour les emplois de secrétaire, n'est-ce pas?

— Vous voulez parler de ceux annoncés dans les journaux? répliqua Marion avec aplomb.

— Oui.

— En effet, c'est pour ceux-là que nous nous présentons», affirma Marion.

«Quelle coïncidence!» pensa Bess. D'étonnement, elle en ravala sa salive.

«Parfait. Alors suivez-moi, s'il vous plaît», dit la femme.

Elle les conduisit à une table et les pria de remplir des demandes de candidature. Ensuite, après un bref coup d'œil aux formulaires, elle emmena les filles dans une pièce où se trouvaient un bureau et une machine à écrire.

«Je voudrais que vous me tapiez quelques pages de ce rapport, dit-elle. D'après votre *curriculum vitae,* je vois que vous n'avez guère d'expérience.

— Aucune, marmonna Bess entre ses dents.

— Ça ne fait rien. J'aime donner leur chance aux jeunes, poursuivit "la" chef du personnel. Si vous réussissez ce test, nous passerons au suivant.»

Au suivant! gémirent lcs cousines en leur for intérieur. Combien d'obstacles leur faudrait-il surmonter avant d'être engagées?

« Qui commence? »

Marion se proposa, mais son assurance fondit comme neige au soleil quand elle regarda la multitude de mots et de chiffres qu'elle était censée dactylographier proprement.

« Je vais fermer la porte, ainsi vous serez plus tranquille. »

Pendant un moment, Marion resta comme figée devant la machine. Puis, posant ses doigts sur le clavier, elle tapa quelques mots avec lenteur et concentration. Peu à peu, elle prit de la vitesse, mais tandis que s'inscrivaient les caractères, son attention se relâcha. Ce n'est qu'en arrivant au bas de la page qu'elle se rendit compte de ce qu'elle avait fait! Par erreur, elle avait tapé la plus grande partie du texte en capitales et s'était trompée dans la ponctuation!

« Oh! Non! s'écria-t-elle, horrifiée. C'est complètement raté! »

Elle tira la feuille du rouleau et en inséra une autre. Puis elle se dépêcha de rattraper le temps perdu. Mais les touches se coincèrent.

« C'est impossible! » s'écria Marion.

A ce moment, la porte s'ouvrit.

« Comment ça va? s'enquit aimablement la femme.

— Assez mal, admit la jeune fille en repoussant sa chaise.

— Vous n'abandonnez tout de même pas? »

Marion n'aimait pas passer pour une «

dégonflée», mais elle comprenait qu'elle n'était pas assez qualifiée pour un poste de secrétaire. Pas plus que Bess, d'ailleurs. Entre-temps celle-ci avait regardé des magazines, y compris le catalogue de Chalmers.

Se rappelant la page que M. Reese avait enlevée d'un autre exemplaire, elle la chercha et examina de nouveau les jolies robes. Voyant « la» chef du personnel sortir du bureau avec Marion, elle eut une inspiration subite.

«Ces photos sont superbes, dit-elle à la femme. Savez-vous qui les a prises?»

L'aimable personne regarda le catalogue.

«La plus grande partie de cette collection, y compris ces deux modèles, a été photographiée par Chris Chavez, répondit-elle. Il a un talent fou, n'est-ce pas?»

Bess acquiesça, aussi abasourdie que Marion. Chris Chavez, l'ami intime de M. Reese, était-il de mèche avec les voleurs?

Chapitre 11

Prisonnière

Entre-temps, à la société Millington, Alice avait rempli une demande d'emploi. Quand le directeur qui, selon un écriteau sur son bureau, s'appelait T. Iannone la lut, il lança à la jeune fille un regard scrutateur.

« Ainsi vous désirez travailler chez nous, hein ? Ne seriez-vous pas plutôt ici pour espionner, mademoiselle Roy ? »

Surprise par cette remarque cinglante, Alice décida de dire la vérité.

« Pourrais-je vous parler en privé ? » demanda-t-elle en coulant un regard vers une secrétaire assise tout près.

Celle-ci feignait de ne pas écouter, mais la jeune détective voyait que la conversation l'intéressait au plus haut point.

« Suivez-moi », dit le directeur. Il conduisit Alice dans un petit bureau. « Je sais que vous avez remplacé Jacqueline Henri au gala de bienfaisance, l'autre soir... et que Richard

Reese vous a chargée de retrouver le voleur de ses modèles. Comme vous le voyez, les nouvelles circulent vite dans notre milieu.

— En effet!» reconnut la jeune fille.

Cela ne servirait à rien d'essayer de cacher le motif de sa présence à Millington, raisonna-t-elle. Aussi alla-t-elle droit au fait.

« Comment cela se fait-il que des copies des modèles de M. Reese aient paru dans votre catalogue de printemps avant que les originaux aient été rendus publics? demanda-t-elle.

— Je n'en ai pas la moindre idée.

— Vous admettez donc que ces robes de Millington sont des copies de celles de M. Reese.

— Je n'admets rien du tout. Nous sommes une maison honnête. De toute façon, le nom de Reese n'apparaît sur aucun de nos articles. Sans sa griffe, ces vêtements ne rapportent aucun bénéfice supplémentaire. »

Voilà un indice intéressant, se dit Alice. Si les modèles n'étaient pas signés, ils avaient moins de valeur. Ainsi, ce que recherchait le voleur, c'était sans doute moins l'argent que la ruine du couturier.

« M. Reese est très ennuyé, reprit la jeune détective. Il est résolu à aller au fond de cette affaire et à poursuivre tous ceux qui y sont compromis. »

L'homme hésitait.

« Qu'attendez-vous de moi? demanda-t-il enfin.

— Que vous m'engagiez. Cela me permettra de faire la connaissance des employés de cette maison.»

De nouveau, il y eut un long silence.

«Que savez-vous faire?» s'informa M. Iannone en soupirant.

Alors qu'il parlait, Alice eut l'impression que quelqu'un écoutait à la porte, mais réalisant que le directeur était occupé, cette personne s'éloigna.

«J'accepterais volontiers n'importe quel travail qui me mette en contact avec votre personnel.

— Dans ce cas, je vous propose d'assister une modéliste. Vous pouvez commencer demain. Entre-temps, je vais vous présenter à quelqu'un qui vous initiera.»

Iannone conduisit la jeune fille dans un atelier sans fenêtre où se trouvait une grande table, des glaces, des planches à repasser et des stayaks où pendaient des vêtements étiquetés. Dans un coin se dressait un petit bureau.

«Attendez ici un moment, dit le directeur en fermant la porte.

— Entendu.»

Alice regarda les robes. Taillées dans un coton grossier, elles étaient assez mal finies. A la différence des vêtements du catalogue de Chalmers, ceux-ci paraissaient de mauvaise qualité.

Alice se dirigea vers une chaise au fond de la pièce et s'assit. Soudain, les lumières s'éteignirent, la plongeant dans une obscurité complète.

L'instant d'après, elle entendit du vacarme dans le couloir. Des portes claquaient, des gens criaient. On avait l'impression que tout l'établissement était saisi de panique.

« Il doit s'agir d'une panne de courant générale, se dit Alice. Je ferais bien de sortir d'ici ! »

A tâtons, elle se fraya un chemin à travers la pièce, essayant d'éviter le présentoir à vêtements, mais elle se cogna contre un coin de table.

« Aïe ! » cria-t-elle en se frottant la hanche.

Ensuite, elle hésita à chaque pas. Finalement, elle atteignit la porte et chercha la poignée. Quand elle la tourna, elle prit peur. La porte était fermée à clé !

La jeune détective s'immobilisa un instant. Des dizaines de questions se pressaient dans sa tête. Quelqu'un l'avait-il enfermée exprès ? M. Iannone, peut-être. Cela devait s'être produit après la coupure d'électricité, quand tout ce bruit avait commencé, sinon, elle aurait entendu la clé tourner dans la serrure.

« Qui d'autre sait que je suis dans cet atelier ? M. Iannone l'aurait-il dit à l'employée censée me mettre au courant ? » se demanda Alice.

Du poing, elle tapa contre la porte et appela. Mais personne ne vint.

Entre-temps, chez Chalmers, Bess se débattait avec sa machine à écrire. Elle tapait plus lentement que Marion, prenant bien garde à ne pas faire d'erreurs. Mais quand « la » chef du personnel l'arrêta, elle n'avait encore dactylographié que la moitié du texte qu'on lui avait donné à copier.

« C'est l'heure, dit la femme. Montrez-moi ce que vous avez fait. »

Son sourire disparut quand elle constata que Bess avait rempli la moitié d'une page.

« C'est très propre, mais pour travailler ici, il vous faudra d'abord apprendre à taper plus vite.

— Je comprends, madame », répondit Bess, puis elle ajouta, pleine d'espoir : « N'y a-t-il rien d'autre que je puisse faire ici ? »

Marion avait posé la même question.

« Je ne le crois pas, mais je vais tout de même aller consulter mon fichier. »

Elle disparut, laissant les cousines en tête-à-tête. Elle revint peu après, un dossier à la main.

« L'une de vous a-t-elle des notions de comptabilité ?

— Non, aucune, répondit Bess.

— Alors, je suis désolée, dit la femme. Je n'ai rien d'autre à vous proposer. »

Cependant, avant de partir, Marion résolut de lui tirer davantage de renseignements sur le photographe.

« Nous avons rencontré Chris Chavez l'autre soir à une présentation de modèles de haute couture faite au bénéfice d'une œuvre de charité, expliqua-t-elle.

— Ici à New York ? Etes-vous sûres que c'était Chris ?

— Oui. Pourquoi ?

— Parce qu'il exécutait un travail pour nous en Europe. Il n'est rentré à New York que hier. »

Malgré leur surprise, les filles arrêtèrent là la conversation. Elles ne voulaient pas se rendre suspectes. Après avoir remercié la jeune femme pour sa gentillesse à leur égard, elles prirent congé et se mirent en route pour l'appartement de Jacqueline Henri.

« Dommage que nous n'ayons pas décroché ces jobs chez Chalmers, dit Marion.

— Oui, cet échec m'a complètement démoralisée, marmonna sa cousine alors que leur taxi s'arrêtait devant une maison portant le numéro 15.

— Quelle drôle d'idée ! s'écria Marion. Après tout, nous avons obtenu un renseignement sensationnel sur Chris Chavez !

— Un renseignement qui ne prouve rien...

— Peut-être, mais il ajoute un autre aspect insolite à l'affaire. »

Les cousines se turent. Elles ouvrirent la porte de l'immeuble. A leur droite se trouvait une rangée de boîtes à lettres et un petit écran de télévision intérieure. Devant elles, une autre porte à fermeture automatique.

« Ils prennent vraiment toutes leurs précautions contre les voleurs ici », remarqua Bess en pressant un bouton situé près du nom Henri.

Une ou deux minutes s'écoulèrent. Comme l'interphone demeurait muet, les filles en conclurent que le mannequin était sorti.

« Je vais essayer encore une fois », dit Bess en gardant le doigt sur la sonnette.

« Qui est là ? répondit enfin une voix déformée par le haut-parleur.

— C'est vous, Jacqueline ? demanda Bess.

— Qui ?

— Je cherche Jacqueline Henri, poursuivit Bess.

— Il n'y a personne de ce nom ici », affirma la voix, puis on raccrocha.

Marion vérifia l'adresse. Elle était exacte ! Les filles lurent la liste des noms au mur : il n'y avait qu'un seul Henri.

« C'est peut-être l'interphone qui fonctionne mal », suggéra Bess.

Marion émit des doutes à ce sujet. Elle était décidée à ne pas quitter l'immeuble sans avoir rendu visite à l'appartement 3-C. Au moment où un couple sortait par la porte verrouillée, elle s'avança rapidement et la tint ouverte pour Bess.

Les cousines prirent l'ascenseur jusqu'au troisième étage et tournèrent à gauche, où le couloir faisait un coude. Il n'y avait pas de noms sur les portes, seulement des heurtoirs en cuivre. Marion était sur le point de lever celui du 3-C quand elle entendit une voix d'homme filtrer à travers le bois.

« C'est ton boulot de garder Alice occupée », dit l'inconnu en avançant vers la porte.

« Il s'en va! chuchota Marion. Filons! »

Les cousines battirent en retraite vers l'ascenseur. Elles entendirent claquer la porte de l'appartement. Bess saisit Marion par la main.

« En tournant l'angle du couloir, il nous verra sûrement. Qu'allons-nous faire?

— Cachons-nous de l'autre côté... » murmura Marion.

Elle entraîna Bess dans la direction opposée à celle de l'appartement 3-C. Toutes deux tournèrent un autre coin de couloir et se pressèrent contre le mur.

Elles entendirent les pas de l'homme s'approcher de l'ascenseur.

« Je vais jeter un coup d'œil », déclara hardiment Marion.

Et, pendant une seconde, elle avança la tête. Elle la retira aussitôt avec un cri étouffé.

Bess tira impatiemment sur la manche de sa cousine.

« Alors, qui est-ce?

— Chris Chavez!
— Le premier ou le second?
— Le premier!»

Les portes de l'ascenseur s'ouvrirent. L'homme entra. Puis on n'entendit plus que le bourdonnement de la cabine qui descendait.

«Oh! Comme j'aimerais le suivre! chuchota Bess.

— Faisons-le. Viens vite!»

Marion en tête, les filles coururent vers la cage d'escalier. Elles dévalèrent les marches deux par deux, espérant que l'ascenseur s'arrêterait à un autre étage et retarderait Chavez. Cependant, quand elles atteignirent l'entrée, la cabine était vide. Pas la moindre trace du photographe. En toute hâte, les jeunes détectives sortirent dans la rue et regardèrent à droite et à gauche : Personne!

Chapitre 12

De plus en plus suspect

« Zut ! Nous l'avons perdu ! » s'écria Marion, hors d'haleine.

Bess haussa les épaules.

« Ce n'est vraiment pas notre faute. Retournons chez tante Cécile raconter notre aventure à Alice.

— Oui. Tiens, il y a justement un bus qui arrive. Courons l'attraper ! »

Bess gémit.

« Impossible ! Je suis complètement essoufflée ! »

Mais sa cousine ne l'écoutait pas. Elle se précipitait déjà vers l'autobus, Bess à la traîne. Les deux filles réussirent tout juste à se faufiler à travers la porte automatique avant que celle-ci ne se ferme.

« Es-tu sûre que c'est le bon autobus ? haleta Bess.

— Non, mais espérons-le. »

Hélas! Elles découvrirent bientôt qu'elles s'éloignaient de l'appartement de la tante d'Alice. En plus, la nuit tombait et un froid humide envahissait le véhicule.

« Descendons au prochain arrêt... » conseilla Marion.

Mais celui-ci se révéla être un coin désert. Les deux passagères décidèrent de descendre au prochain en espérant qu'il serait plus animé.

Là, elles prirent un taxi et arrivèrent en moins d'un quart d'heure. A leur grande surprise, elles découvrirent qu'Alice n'était pas encore rentrée.

« Où est-elle ? demanda Mlle Roy quand elle vit que sa nièce n'était pas avec Bess et Marion. Elle n'est pas raisonnable de se promener seule la nuit, dans cette ville. »

Bess expliqua que de jouer à pile ou face avait conduit Alice à la société Millington.

« Leurs bureaux sont sûrement fermés à cette heure, dit Mlle Roy, inquiète. Marion, veux-tu les appeler, s'il te plaît ? »

La jeune fille s'exécuta aussitôt, mais elle n'obtint pas de réponse.

« La standardiste doit être rentrée chez elle.

— Es-tu sûre d'avoir composé le bon numéro ? demanda Bess en voyant l'expression angoissée de la tante d'Alice.

— Evidemment ! »

Cependant, pour contenter tout le monde, Marion refit le même numéro et, de nouveau, la sonnerie retentit longuement dans le vide.

Alice avait tapé à plusieurs reprises sur la porte, espérant que quelqu'un viendrait la délivrer. Mais dans le tohu-bohu qui avait lieu à l'extérieur, personne ne l'entendit. Au bout d'un moment, les cris et les bruits de pas s'arrêtèrent. Les bureaux s'étaient vidés et Alice restait seule dans l'atelier.

Elle traversa à tâtons la pièce obscure pour chercher le bureau, se cognant au passage contre le pied d'une planche à repasser.

« Il faut que je trouve un objet plat, un coupe-papier, par exemple, pour forcer la serrure ! » se dit-elle.

Elle ouvrit un tiroir. Ses doigts rencontrèrent des crayons et des trombones. Finalement, elle trouva une petite boîte qui contenait des fiches. Elle en prit une et, regagnant la porte, glissa le bout de carton dur dans la fente entre la porte et le chambranle. Elle le fit descendre lentement, essayant de le faire glisser par-dessus la gorge de la serrure, mais celle-ci se coinça. Désespérée, Alice fit une nouvelle tentative, cette fois, la serrure céda.

Laissant tomber la fiche, Alice ouvrit la porte et entra à tâtons dans une petite pièce adjacente. Elle trouva un commutateur, appuya dessus, mais sans résultat. A travers la fenêtre elle vit qu'il y avait de la lumière dans les bâtiments environnants.

« De toute évidence, la panne se limite donc à cet immeuble, se dit-elle. Je ferais bien d'appeler tante Cécile. »

Avec difficulté, elle retourna dans le bureau. Là, sur une table, ses doigts finirent par rencontrer un téléphone. Grande fut sa contrariété quand elle ne put obtenir sa communication. Tous les appels semblaient passer par un standard qui maintenant était fermé.

Essayant de conserver son sang-froid, Alice se dirigea vers la porte qui menait à la réception. A son grand soulagement elle était ouverte!

« L'ascenseur est juste de l'autre côté du hall, pensa-t-elle. Pourvu qu'il marche! »

Quand ses mains entrèrent en contact avec les portes métalliques, elle chercha le bouton et le pressa. Un léger bourdonnement lui indiqua que l'ascenseur fonctionnait!

« Ouf! » fit la jeune détective quand elle pénétra dans la cabine.

En arrivant au rez-de-chaussée, elle trouva la porte d'entrée ouverte. Elle se précipita dehors et héla un taxi. Pour engager la conversation, le chauffeur se mit à bavarder gaiement, mais, soudain, Alice se sentit si fatiguée qu'elle eut à peine l'énergie de réprimer ses bâillements. Quand elle atteignit l'appartement de sa tante, elle tombait de sommeil.

« Alice! s'exclama Mlle Roy en la voyant. Où étais-tu? »

L'avalanche de questions qui s'abattit ensuite sur la jeune fille la réveilla aussitôt.

« Nous étions sur le point de prévenir la police! s'écria Marion.

— Je suis bien contente que vous ne l'ayez

pas fait », et Alice s'affala dans un fauteuil.

Elle relata ses aventures aussi vite qu'elle le put, puis elle écouta le récit de celles qu'avaient lues ses amies.

« Vous avez fait des découvertes fantastiques ! conclut-elle.

— Il semblerait donc que le vrai Chris Chavez est celui que nous avons vu aujourd'hui devant le restaurant, déclara Bess.

— Et celui qui s'est présenté à moi le soir de la fête, quelqu'un d'autre, ajouta Alice. Mais qui ?

— Nous savons que c'est un ami de Jacqueline Henri et qu'il connaît son frère Ted, intervint Marion.

— Si je n'avais jamais entendu parler d'un Ted Henri, reporter, dit Alice, je me demanderais si Jacqueline ne l'a pas inventé de toutes pièces.

— Jackie a peut-être participé au vol des dessins, suggéra Bess. Et quand elle a appris que tu venais ici, elle a cru devoir se trouver un alibi.

— Mais en disparaissant avant la présentation des modèles, laissant tante Cécile dans les choux, elle n'a fait qu'attirer l'attention sur elle..., répliqua Alice.

— En effet, reconnut Marion, tout le monde s'est mis à la soupçonner.

— Surtout nous, précisa Bess. Le comportement de Jackie me dépasse.

— Moi aussi, admit Alice, mais je suis trop fatiguée pour m'en préoccuper ce soir. Réfléchissons à tout ça demain matin, à tête reposée. »

Mais avant qu'elle ait pu aller se coucher, sa tante la prit à part.

« Que vas-tu faire au sujet de l'emploi que tu es censée avoir chez Millington ?

— Oh ! Je retourne là-bas demain matin.

— Après tout ce qui t'est arrivé ? A mon avis, c'est une très mauvaise idée. Tu dois bien te rendre compte qu'on t'a enfermée exprès ?

— Evidemment, mais je veux découvrir qui l'a fait et pourquoi ! »

Mlle Roy ne parut pas convaincue.

« Promets-moi d'en parler d'abord à ton père.

— J'appellerai papa demain matin. Surtout ne t'inquiète pas, tante Cécile. »

Malgré sa fatigue, la jeune fille dormit assez mal cette nuit-là. A son réveil, le lendemain, elle avait les paupières gonflées et du mal à garder les yeux ouverts.

« Voilà qui va te réveiller », dit Bess.

Elle posa un verre de jus de pamplemousse et le journal du matin devant son amie.

Sirotant sa boisson, Alice jeta les yeux sur un petit titre. Bess et Marion, qui l'observaient, la virent sursauter.

Selon le journal, l'appartement de Russell Kaiser avait été cambriolé la nuit précédente ! On ne donnait aucune précision sur les biens volés, mais Alice se demanda si le malfaiteur avait pris le médaillon. Et aussi, s'il y avait un rapport entre le faux Kaiser et le cambriolage.

« Heureusement que nous t'avons accompagnée à New York, Alice, plaisanta Marion, sinon tu serais obligée de travailler quarante-huit heures par jour à tes énigmes!»

En riant, son amie sortit un toast du grille-pain.

«Tu as parfaitement raison, et j'ai l'impression qu'il me faudra de nouveau dépenser beaucoup d'énergie aujourd'hui!

— Retournes-tu chez Millington?

— Oui. Avant toute chose, je veux voir M. Iannone.

— Et nous, que faisons-nous entre-temps? demanda Marion.

— Si vous alliez rendre visite à Russell Kaiser? suggéra Alice.

— Lequel? fit Bess en gloussant.

— A vous de le découvrir. Vous devriez peut-être aller à l'adresse indiquée dans cet article.»

Cécile Roy, qui avait dormi plus tard que d'habitude, apparut sur le seuil. Sa présence rappela à Alice leur conversation de la veille. Elle se hâta donc de téléphoner à son père. M. Roy l'autorisa à retourner chez Millington, mais lui recommanda d'être prudente.

«Je te le promets», répondit Alice.

Puis elle donna rendez-vous à Bess et à Marion dans un restaurant près de Millington pour le déjeuner.

«Ainsi, nous pourrons nous rassurer mutuellement sur notre sort», dit-elle, ce qui amena un sourire satisfait sur les lèvres de sa tante.

Une demi-heure plus tard, elle se présentait à la réception de Millington. Cependant, quand elle demanda M. Iannone, on l'informa qu'il n'était pas là.

« Il m'a engagée, hier », expliqua Alice à la réceptionniste.

Du coin de l'œil, elle vit une femme brune franchir précipitamment une porte. Tournant la tête, la jeune détective aperçut sa figure avant qu'elle ne disparaisse. Elle aurait juré que c'était Rosalind, la modéliste que M. Reese avait renvoyée le soir du défilé de mannequins!

Au comptoir, la fille pressa le bouton d'un interphone et demanda à quelqu'un de venir un moment.

Bientôt, une femme d'aspect strict, vêtue d'un tailleur en laine verte, apparut.

« Voici Alice Roy », lui dit la réceptionniste.

De nouveau, Alice demanda à voir M. Iannone.

« Il ne travaille plus ici, répondit la femme. Il a quitté Millington hier.

— Quitté ?

— Oui. Etes-vous une de ses amies ?

— Non, mais il m'a offert un travail ici.

— Il n'était pas qualifié pour le faire. C'est moi la directrice, maintenant. »

Au ton extrêmement dur de la femme, Alice comprit qu'elle ne parviendrait pas à la convaincre d'accepter la décision de M. Iannone. Elle adopta donc une autre tactique. Elle relata sa mésaventure dans l'atelier, exprimant le soupçon que celle-ci avait un rapport avec le vol des modèles de M. Reese.

« Mon Dieu ! Quelle imagination ! s'écria la nouvelle directrice. Vos ennuis d'hier étaient certainement accidentels. Je suis navrée pour vous, mais cela n'est pas une raison pour vous engager ! »

Comme il n'y avait plus rien à dire, Alice partit. Déçue, elle prit l'ascenseur et descendit au rez-de-chaussée. Dans le hall, son attention se porta soudain sur la porte à tambour devant elle et l'homme qui la franchissait.

Elle avait l'impression de le connaître, mais il enfonçait la tête dans une longue écharpe écossaise. Quand il avança, elle se dissimula dans un kiosque à journaux. En attendant l'ascenseur, l'inconnu dégagea son cou.

Alice prit un magazine et se cacha la figure derrière. Elle entendit la porte de l'ascenseur s'ouvrir. L'homme à l'écharpe ainsi que plusieurs autres personnes pénétrèrent dans la cabine en se tournant vers elle. Alors, elle le reconnut : c'était l'ami de Jacqueline qui prétendait être Chris Chavez !

Alice se rejeta en arrière : la porte de l'ascenseur resta ouverte une seconde de plus pour laisser entrer un retardataire. Puis elle se ferma et la jeune détective vit s'allumer les chiffres lumineux indiquant la montée de la cabine. Il y eut deux arrêts, dont l'un à l'étage où se trouvait Millington !

Si cet homme n'était pas le photographe de mode, que faisait-il dans cet établissement ? Etait-ce lui qui avait volé les dessins ?

Chapitre 13

Filature

Pendant qu'Alice faisait cette étonnante découverte, Bess et Marion s'apprêtaient à mener leur propre enquête.

« Heureusement que les deux imposteurs nous croient dupes ! dit Bess à sa cousine.

— Et nous, nous devons veiller à ne pas les détromper. »

Quand les filles arrivèrent à l'adresse où, d'après le journal, vivait Russell Kaiser, le portier les informa qu'il avait l'ordre de ne laisser entrer personne.

« La police est là, expliqua-t-il.

— Depuis combien de temps ? » s'enquit Marion.

Le cerbère consulta sa montre.

« Une demi-heure environ, répondit-il, mais qui sait s'ils ne resteront pas toute la journée...

— Partons, dit Marion en entraînant sa cousine.

— Où allons-nous?

— Dans un endroit quelconque d'où nous pourrons surveiller l'immeuble.»

Les filles se dirigèrent vers un salon de thé, de l'autre côté de la rue.

«Un endroit rêvé pour faire le guet! déclara Bess en riant.

— Oui, mais défense de manger des gâteaux!» l'avertit Marion.

Celle-ci évitait prudemment les plaques de verglas qui se formaient sur le trottoir et brossait de la main les flocons de neige qui tombaient sans arrêt sur la manche de son manteau.

«Quel temps épouvantable! gémit-elle. Comment veux-tu enquêter avec efficacité si à chaque pas tu risques de te casser la figure?

— Ne te tracasse pas, répliqua Bess alors qu'elles pénétraient dans le salon. De toute façon, nous serons peut-être obligées de passer la journée ici.

— Encore faudrait-il savoir si M. Kaiser est chez lui. Je vais l'appeler pour m'en assurer.»

Marion laissa Bess à une table près de la fenêtre. Quelques minutes plus tard, elle revint tout excitée.

«C'est la bonne qui m'a répondu. M. Kaiser va sortir dans un instant!»

Les filles jetèrent quelques pièces de monnaie sur le comptoir et se précipitèrent dehors. Le trottoir était traîtreusement glissant et elles durent avancer à une allure d'escargot. Bess longeait les vitrines, cherchant des endroits non verglacés.

«Dépêche-toi!» lança Marion par-dessus son épaule avant de traverser.

Bess essaya de la rattraper, mais, soudain, elle patina.

«Vas-y! Je te rejoindrai!» cria-t-elle.

Le feu passa au rouge et elle fut obligée d'attendre. Elle regarda Marion contourner en glissant le coin de l'immeuble de Kaiser.

Sa cousine, cependant, réussit à ne pas tomber. Elle se dirigea vers l'entrée où un homme chauve était en train de monter dans une voiture de police.

«C'est celui qui a acheté le médaillon!» faillit-elle s'écrier.

Bess la rattrapa au moment où la portière du véhicule claquait. Marion se tourna vers elle.

«Ça y est! Je sais tout! s'écria-t-elle. Le deuxième Russell Kaiser, qui a demandé à Alice de l'aider, est bien l'imposteur. Et, même si ses cheveux sont un peu différents de ceux de l'homme sur la photo de police, je suis sûre que c'est Pete Grover!

— Il enchérissait comme un fou sur ce médaillon. Il devait vraiment en avoir envie.

— Mais si c'est un escroc, pourquoi s'est-il présenté à nous?» demanda Marion.

Bess ne sut que lui répondre. Sa cousine et elle eurent beau retourner le problème dans tous les sens, le mystère demeurait entier.

Pendant ce temps, Alice entrait dans le restaurant situé en face de Millington. Il était encore trop tôt pour que Bess et Marion y soient arrivées, mais Alice attendit, se demandant si l'ami de Jacqueline, qu'elle avait vu dans l'ascenseur, ressortirait de l'immeuble.

Le verglas ralentissait considérablement la circulation. A présent, un autobus empêchait la jeune fille de voir la porte à tambour.

« Et si je le rate ? » s'inquiéta Alice, alors que le véhicule avançait centimètre par centimètre.

Elle se rapprocha de la fenêtre pour regarder le long du trottoir, mais elle ne vit personne qui ressemblait au faux Chris Chavez. Plusieurs interminables minutes s'écoulèrent. Enfin, l'homme parut ! Il s'arrêta devant l'immeuble de Millington et tourna la tête de droite à gauche comme s'il attendait quelqu'un.

« Je me demande si c'est Jacqueline... » se dit Alice. A cet instant précis, un autre autobus s'arrêta en face d'elle.

« Oh, pourvu qu'il redémarre bientôt ! pria-t-elle silencieusement. Je dois absolument surveiller cet individu ! »

Son souhait se réalisa et, à son grand soulagement, elle constata que l'imposteur était encore là. Il parlait à quelqu'un. Alice sursauta.

« Mais c'est Grover, le type qui s'est présenté à moi sous le nom de Russell Kaiser, marmonna-t-elle entre ses dents. Où vont-ils, ces deux-là ? »

Pressentant que Bess et Marion seraient retardées par le mauvais temps, elle décida de laisser un message pour elles et de filer les deux hommes.

« Voulez-vous demander à mes amies de m'attendre, s'il vous plaît ? » dit Alice à la serveuse.

Puis elle releva le col de son manteau et sortit avec précaution sur le trottoir gelé. Elle suivit les deux hommes autour du pâté de maisons. Là, ils disparurent dans un magasin de tissus et d'articles de mercerie appelé Belini.

Par la vitrine, la jeune détective les vit descendre un escalier au fond de la boutique. Elle y pénétra à son tour, notant au passage les rouleaux de tissus multicolores.

Une pancarte indiquait que les fournitures de couture et les bureaux se trouvaient au sous-sol. Alice suivit la flèche. Tout en descendant, elle examina les clients en bas. Les hommes qu'elle avait suivis n'étaient pas parmi eux. De toute évidence, ils étaient entrés dans le bureau.

Alice s'approcha d'une table encombrée de catalogues d'échantillons. Elle en feuilleta un, levant de temps à autre les yeux pour guetter les deux imposteurs.

« Excusez-moi », dit soudain une femme.

Alice n'avait pas remarqué que, debout près d'elle, une cliente attendait le catalogue.

« En avez-vous terminé avec celui-ci ? demanda-t-elle.

— Oui, bien sûr... » répondit la jeune fille.

A ce moment, des voix d'hommes filtrèrent à travers la porte ainsi que le bruit de classeurs qu'on ouvre et qu'on ferme.

Le bureau, comme le découvrit bientôt

Alice, se trouvait dans un renfoncement. A côté, se dressait une colonne d'étroits meubles métalliques contenant toutes sortes de boutons. Sans se faire trop remarquer, la jeune détective se cacha derrière eux. Maintenant, elle entendait mieux la conversation.

« Je n'ai que quelques questions à vous poser, monsieur Belini », dit l'ami de Jacqueline.

Avec une vive curiosité, la jeune détective se pencha en avant, mais à cet instant, quelqu'un s'approcha du meuble, ouvrit un tiroir et se mit à fourrager bruyamment dans les boutons. Aussitôt, Alice fit semblant de s'intéresser à des bandes de tissu pendues derrière elle. Puis, entendant le tiroir métallique se refermer, elle reprit sa place.

Cette fois, c'était l'autre homme qui parlait. Alice crut l'entendre prononcer le nom de Rosalind, mais ensuite il baissa la voix en un murmure inintelligible.

« Comme c'est frustrant ! » se dit Alice. Elle fut tentée de quitter sa cachette et de se rapprocher de la porte. Mais si on la surprenait ? « Je ne peux pas prendre ce risque », conclut-elle.

Elle s'appuya sur la pile de casiers métalliques et inclina la tête de côté. Sous la pression de ses mains, l'échafaudage instable plongea en avant. Plusieurs tiroirs s'ouvrirent, déversant une pluie de boutons !

La jeune fille essaya de redresser le meuble, mais ses doigts glissèrent et tout l'assemblage s'écrasa sur le sol avec fracas !

Chapitre 14

Les choses se précisent

Des centaines de boutons se répandirent sur le sol. Une grosse boule dans la gorge, Alice bondit de l'autre côté du recoin. Trois hommes se précipitèrent hors du bureau.

« Pour la énième fois, quelqu'un a renversé ce meuble ! maugréa Belini. Pourquoi les gens ne regardent-ils pas où ils vont ? »

Deux vendeurs semblèrent surgir du néant.

« Ce système de rangement est épouvantable, dit l'un d'eux. Il va falloir en changer. Ces casiers sont tellement branlants qu'ils dégringolent au moins une fois par semaine ! »

Tandis que Belini marmonnait quelque chose entre ses dents, ils entreprirent de ramasser les boutons. Les triant au fur et à mesure, ils les remirent dans leur tiroir respectif tandis que les trois hommes retournaient dans le bureau. Après avoir terminé leur besogne, les employés remontèrent en hâte. Alice en profita pour reprendre sa position derrière le meuble. Cette fois, elle évita soigneusement de le toucher.

« Vous la connaissez bien, Mme Jenner ? » demanda le faux Chris Chavez.

Belini répondit quelque chose qu'Alice ne put comprendre. Puis il ajouta d'une voix plus forte :

« Mme Jenner avait la réputation d'être une personne acerbe, mais elle travaillait bien, monsieur Henri. C'est une modéliste hors de pair ! »

Henri ! Alice ne pouvait en croire ses oreilles. Le faux Chris Chavez était-il en réalité le reporter Ted Henri ?

Une foule de questions se pressait dans la tête de la jeune détective. Pourquoi toute cette comédie ? Et quel était le lien entre Ted Henri et le faux Russell Kaiser, alias Pete Grover ?

Henri enquêtait-il sur la même affaire qu'Alice : le vol des dessins de mode ? Et celle-ci avait-elle un rapport quelconque avec les ventes aux enchères frauduleuses dont il lui avait parlé en se faisant passer pour Chris Chavez ?

Ou bien, il avait inventé de toutes pièces l'histoire de la salle des ventes pour faire diversion et se débarrasser d'elle !

Alice écoutait toujours. Les deux hommes posèrent d'autres questions. Ils voulaient savoir si Belini entretenait des relations avec la société Millington !

La jeune détective n'entendit pas la réponse : plusieurs clients, en effet, descendaient l'escalier. Ils discutaient d'un choix de couleurs, mais ensuite, ils se turent un bon moment, ce qui permit à Alice de saisir la phrase suivante :

« Avez-vous vendu du tissu à Millington ? » interrogeait Henri.

Belini grogna quelques paroles inintelligibles.

Puis Alice entendit Henri demander au commerçant s'il avait vendu des fournitures à Mme Jenner.

« Bien sûr. Et alors ? Elle aime coudre », répondit l'autre.

On le sentait sur la défensive. Puis soudain, le reporter et Grover sortirent du bureau. Alice resta cachée jusqu'à ce qu'ils aient atteint le haut de l'escalier. Ensuite, elle entendit de nouveau la voix de M.Belini.

« Henri sera à la fête des cristaux de glace demain soir », dit-il.

Il y eut le déclic d'un combiné qu'on raccroche. De toute évidence, Belini avait appelé quelqu'un. Alice se figea, espérant en savoir davantage, mais ce fut en vain. Elle décida alors qu'il serait plus intéressant de continuer à filer les deux hommes. Elle monta rapidement l'escalier et sortit.

Elle parcourut la rue des yeux, mais aucune trace de Henri et de son compagnon. Ils ne pouvaient pas être allés très loin avec ce verglas, pensa Alice. Ils devaient avoir pris un taxi.

Déçue, elle retourna au restaurant, enfonçant ses talons en caoutchouc dans la glace pour éviter de glisser. En chemin, elle acheta un journal. Quand elle arriva, elle constata que Bess et Marion n'étaient pas là.

Après avoir aperçu Russell Kaiser partir dans la voiture de police, les cousines en déduisirent qu'il se rendait au commissariat local.

« Allons-y, suggéra Marion, ce sera peut-être l'occasion de lui parler. »

Les filles demandèrent l'adresse au portier. Celui-ci la leur donna, mais il ajouta :

« Ce n'est pas le moment d'importuner ce pauvre M. Kaiser. Il est très déprimé, comme vous pouvez l'imaginer.

— Ne vous inquiétez pas, répondit Marion. Nous voulons simplement lui dire quelques mots. Nous serons peut-être même en mesure de l'aider. »

Le portier haussa les sourcils, mais avant qu'il ait pu questionner les filles, elles l'avaient déjà quitté avec un gracieux sourire.

En arrivant au poste, elles ne virent l'homme chauve nulle part. Se renseignant au comptoir, elles apprirent qu'il était avec le commissaire, mais n'en aurait pas pour longtemps. Elles s'assirent donc pour l'attendre.

« Entre-temps, Alice aura mangé non seulement son déjeuner, mais encore le nôtre! murmura Bess à sa cousine.

— Tout ce que j'espère, c'est qu'elle sera encore là. Bien entendu, si Millington ne lui

accorde qu'une demi-heure à midi, elle sera déjà repartie. »

L'apparition de M. Kaiser mit fin à leur conversation. Les filles bondirent sur leurs pieds.

« Monsieur Kaiser ? » dit Marion comme l'homme venait vers elles.

Il s'arrêta, surpris.

« Vous vous souvenez de nous ? Nous nous sommes rencontrés à la salle des ventes Speers l'autre soir, précisa Bess.

— Ah oui, fit Kaiser. Vous étiez avec la jeune fille qui a enchéri sur le médaillon.

— Oui. Nous avons lu dans le journal que vous aviez été cambriolé et nous nous demandions si on vous avait aussi volé ce bijou.

— Et vous m'avez suivi jusqu'ici pour me demander ça ? s'écria l'autre, incrédule.

— Nous sommes détectives, dit Bess.

— Des détectives amateurs, ajouta Marion.

Avez-vous une minute à nous accorder? Nous détenons quelques renseignements qui pourraient vous intéresser.»

Kaiser haussa les épaules.

«Bon. Allez-y...»

Sans trop en révéler sur l'énigme qu'elles s'efforçaient de résoudre avec leur amie Alice, Marion expliqua pourquoi elles attachaient tant d'importance au fameux médaillon.

«Il est fort possible que l'autre enchérisseur soit votre cambrioleur, déclara Marion. Il a voulu se faire passer pour vous.

— De plus, il avait l'air fermement décidé à obtenir le bijou, dit Bess.

— Au point de me le voler, n'est-ce pas? suggéra M. Kaiser, une lueur malicieuse dans les yeux.

— Exactement!

— Ecoutez, mesdemoiselles, je vous remercie pour ces indices, mais je crains que vous ne soyez sur la mauvaise piste. Le voleur, voyez-vous, ne s'intéressait nullement au médaillon. J'avais mis celui-ci dans un coffre-fort avec d'autres objets. Or, le malfaiteur a tout pris, *sauf* le médaillon. Sans doute le jugeait-il sans valeur!»

Les filles furent déçues.

«Alors il est clair que le cambrioleur n'était pas votre rival aux enchères, affirma Marion. Mais pourquoi s'est-il présenté à nous sous votre nom?

— Je n'en ai pas la moindre idée, répondit M.Kaiser. Et, pour être franc, je m'en moque.

Maintenant, veuillez m'excuser : j'ai d'autres affaires à régler. »

Là-dessus, il partit en hâte. Les jeunes détectives, à leur tour, quittèrent le commissariat et se dirigèrent vers le restaurant. A leur grand soulagement, Alice y était encore. Elle finissait de déjeuner.

« Nous ne pensions plus te trouver ici, dit Bess alors que Marion et elle s'asseyaient. Et ton travail à Millington ?

— Je n'ai pas de travail, répliqua Alice en piquant une feuille de laitue sur sa fourchette. En revanche, j'ai beaucoup de nouvelles à vous annoncer. »

Elle raconta à ses amies les rencontres qu'elle avait eues, les conversations qu'elle avait surprises et leur fit part de ses soupçons.

« Je suis persuadée que Ted Henri a essayé de se débarrasser de moi en m'indiquant une autre énigme.

— La vente aux enchères..., dit Marion.

— Exact. Et cela parce qu'il ne voulait pas que je m'occupe de l'affaire des modèles de Reese.

— Et Jacqueline a aidé son frère.

— Alors son histoire d'enlèvement était du bluff !

— Pas forcément, répliqua Alice. Elle croyait peut-être vraiment que son frère avait disparu. Sinon, pourquoi n'est-elle pas venue au défilé de mannequins ? Ce qui s'explique moins bien, c'est qu'elle se soit montrée à l'hôtel plus tard.

— De plus, à aucun moment de la soirée,

nous ne les avons vus ensemble, Ted et elle, observa Marion.

— En effet... Il est donc possible que quelqu'un ait voulu faire croire à Jackie que Ted avait été kidnappé, conclut Alice. Quelqu'un qui avait intérêt à l'éloigner assez longtemps pour pouvoir voler ces coûteuses robes!»

Quand l'idée de la jeune détective se fut implantée dans tous les esprits, les autres filles racontèrent leurs aventures du matin.

«Je suis contente pour M. Kaiser que le médaillon n'ait pas été volé, dit Alice. Et cela prouve que ce n'était pas Grover, le voleur!»

Marion approuva de la tête.

«Si Grover travaille avec Ted Henri — et maintenant nous en avons presque la certitude —, il ne peut pas être cambrioleur. Pourtant, il a un casier judiciaire : il est recherché pour faux, puisqu'il imite des signatures sur des chèques qui ne lui appartiennent pas. Je n'y comprends rien.

— Moi non plus, admit Alice.

— Et pourquoi voulait-il se faire passer pour Russell Kaiser? demanda Bess.

— Eh bien, si son rôle à cette vente aux enchères était de nous mettre sur une fausse piste, il a dû se livrer à quelques recherches. Il s'est documenté sur les Kaiser et leur blason. Quant aux noms des membres survivants, il les a glanés dans la notice nécrologique de Galen Kaiser, déclara Alice.

— Puis Henri et lui ont écrit à Jacqueline en utilisant la tête de lion comme symbole, ajouta Bess.

— Mais alors, quelle était toute cette histoire de ventes aux enchères frauduleuses? demanda Marion.

— Simplement un stratagème pour rendre l'annonce de la vente de l'héritage Kaiser encore plus intéressante, répliqua Alice.

— Toutes ces manigances pour nous empêcher de nous occuper de leur affaire! s'écria Marion avec un soupir. Si nous avions combiné nos forces, je parie que nous aurions déjà résolu l'énigme.

— Quoi que nous fassions, nous ne devons pas montrer à Ted ou à Jacqueline que nous les avons percés à jour, dit Alice.

— Cela ne me paraît pas trop difficile, affirma Marion en essayant de paraître moins inquiète qu'elle ne l'était en réalité.

— Et demain soir, nous aurons peut-être l'occasion de faire aboutir notre enquête!» annonça Alice.

Chapitre 15

Une mauvaise plaisanterie

Marion et Bess regardèrent leur amie d'un air surpris.

« Que veux-tu dire ? interrogea Bess.

— Nous allons à la "fête des cristaux de glace"...

— La fête de quoi ? »

Alice rit, puis elle répéta aux cousines la conversation téléphonique de M. Belini.

« Ted Henri y sera. Il a sûrement une raison pour cela. J'ai l'impression que nous risquons d'y découvrir un indice.

— Où aura lieu cette fête ? s'enquit Marion.

— En revenant de la mercerie, j'ai acheté un journal. Voyons s'il en parle. »

Alice l'ouvrit à la page de la chronique mondaine et le tendit à ses amies.

« La fête des cristaux de glace, lut Bess à haute voix. Le clou annuel de la mode. Tous les couturiers importants y seront représentés. Entrée : deux cent cinquante dollars. Réservation indispensable.

— Voilà qui m'exclut, marmonna Marion. Qui peut se permettre des billets aussi chers ? »

Alice gloussa.

« Des tas de gens, affirma-t-elle.

— Uniquement les riches, maintint Bess, et peut-être Mlle Alice Roy.

— Mais non voyons ! J'ai l'intuition que nous pourrons aller à cette fête sans débourser un sou.

— Oui, à condition de nous y introduire en douce, dit Bess. Moi, je pourrais me déguiser en Lady Macaroni et toi en baronne Duchmoll !

— Même si nous parvenions à nous procurer des invitations, nous serions obligées de mettre les vêtements que nous portions au gala de bienfaisance, objecta Marion, et moi j'ai renversé de la sauce sur ma robe.

— Tu vois bien que c'est fichu, Alice, conclut Bess.

— Au contraire, répliqua son amie en souriant. Nous serons les filles les plus remarquées de la fête dans les trois robes les plus belles. Allez, venez ! »

Les amies réglèrent leur addition et sortirent. Alice prit la tête du petit groupe. Des camions avaient répandu du sel sur la chaussée et les trottoirs. Aussi Bess put marcher au même pas que les autres, sans glisser sur ses semelles lisses.

« Où allons-nous ? demanda-t-elle à Alice.

— A la maison Reese, bien entendu !

— Oh ! là ! là ! J'espère que M. Reese sera de meilleure humeur que lors de notre dernière entrevue ! commenta Marion.

— Je l'espère aussi, dit Alice, et cela pour une raison bien précise : je voudrais le persuader de nous emmener à la fête des cristaux. »

Au grand soulagement des filles, le couturier s'était calmé. A en juger par l'accueil enthousiaste qu'il réserva aux jeunes détectives, il était même particulièrement heureux.

« Je viens de recevoir de très bonnes nouvelles ! leur annonça-t-il quand elles se furent assises dans son bureau. Zoe Babbitt a décidé d'acheter tous les modèles que vous avez présentés l'autre soir, Alice. Vous vous rendez compte ? Tous !

— Félicitations ! dirent ses visiteuses en chœur.

— Même si la plupart des dessins ont été plagiés par un autre couturier, cela lui est égal, m'a-t-elle dit. Pour elle, mes modèles sont inimitables !

— Vous vous êtes donc tracassé inutilement, observa Marion.

— Eh bien, je ne sais pas encore comment réagiront mes autres clientes. Mais je suis déjà content de savoir que je n'ai pas perdu Mme Babbitt.

— Viendra-t-elle à la fête des cristaux? s'enquit Alice

— Bien sûr. Elle y portera sans doute une de mes créations d'hiver.

— A propos, notre visite d'aujourd'hui a un motif», avoua Alice. Reese dressa l'oreille. «Auriez-vous du nouveau à m'apprendre, vous aussi?»

Alice sourit.

«Nous avons fait quelques petites découvertes, mais il est trop tôt pour en parler», répondit-elle.

Elle craignait que l'irascible couturier ne s'en prît étourdiment à des innocents. Mais elle avait éveillé sa curiosité.

«Eh bien, qu'avez-vous découvert? insista-t-il.

— Je vous le répète : je ne peux pas encore vous le dire.

— Pas encore me le dire? s'indigna l'autre. Mais c'est *moi* qui vous ai...

— Monsieur Reese, intervint Marion, il est indispensable de garder tout cela secret — du moins pour le moment!

— Nous conclurons peut-être notre enquête demain soir», ajouta Bess.

Sautant sur l'occasion, Alice expliqua au couturier que ses amies et elle devaient absolument assister à la fête des cristaux.

«C'est assez facile à arranger, mais à une condition, marchanda M. Reese : que vous me disiez tout.

— C'est promis, répliqua Alice en souriant, mais *après* la fête.»

Le créateur de mode protesta avec irritation, mais finit par accepter de leur procurer des invitations.

« Et qu'avez-vous l'intention de porter ? s'enquit-il.

— Ma vieille jupe verte et un chemisier », répondit Alice.

Marion parla de sa robe tachée, quant à Bess elle haussa les épaules d'un air impuissant.

« Vous ne pouvez tout de même pas vous rendre à cette réunion très sélecte avec l'air de "cendrillons" avant le bal ! » s'écria M.Reese.

Il alla à la porte et dit à sa secrétaire : « Envoyez-moi Rosalind. »

Alice fut surprise d'apprendre que M. Reese avait réengagé Rosalind, qui était partie travailler chez Millington après son renvoi. Elle se félicita doublement de n'avoir pas soufflé mot au couturier de ses dernières découvertes !

Rosalind apparut bientôt. Au salut des filles, elle répondit par un signe de tête silencieux, puis elle se tourna vers son patron.

« Vous m'avez fait appeler, monsieur Reese ?

— Oui. Vous rappelez-vous Mlle Roy ? lui dit le couturier.

— Bien sûr », murmura la femme.

Alice observa le plus discrètement possible la modéliste : elle avait le visage plein de

petites rides et des yeux cernés. Sa peau blême lui donnait une apparence malsaine.

M. Reese lui demanda d'apporter plusieurs robes.

« Une pour chacune des filles... » précisa-t-il.

Sans s'informer de leur taille, la femme examina les amies de la tête aux pieds, puis sortit en hâte du bureau.

« Elle est fantastique, commenta le couturier.

— Je croyais que vous l'aviez renvoyée, ne put s'empêcher de dire Alice.

— En effet, mais elle est revenue.

— De sa propre volonté ?

— Je ne me suis pas traîné à ses pieds, si c'est cela que vous insinuez... »

Alice fit semblant de ne pas avoir entendu :

Rosalind réapparaissait avec des vêtements de soie, de taffetas et de velours.

« Parfait ! approuva M. Reese. Et maintenant, aidez ces jeunes filles à s'habiller.

— Oh ! Celle-ci est splendide ! s'écria Bess, fascinée par une robe en taffetas bleu roi à volants. Je peux l'essayer ? »

Rosalind conduisait déjà les filles vers une rangée de cabines.

« Vous en êtes même priée... » dit-elle.

Pendant qu'Alice et Marion faisaient leur choix, Bess essayait péniblement de remonter la fermeture Eclair.

« J'aurais pourtant juré que cette robe vous irait, lui dit la modéliste.

— Je suis flattée, vraiment flattée, hoqueta Bess alors que la femme la comprimait dans le vêtement. Le seul ennui, c'est que je n'arrive pas à respirer !

— Je peux arranger ça..., déclara Rosalind en tapant ses doigts sur son menton.

— Vraiment ? Tout de suite ? »

En réponse, Rosalind descendit aussitôt la fermeture Eclair. Bess poussa un soupir de soulagement.

« Comment ça va, vous deux ? cria-t-elle joyeusement à ses amies.

— Très bien... » répondirent Alice et Marion.

Mais, en fait, elles avaient des problèmes similaires. Tous les modèles étaient trop étroits, surtout celui de Marion.

Le fourreau de soie qu'elle avait choisi lui

moulait les hanches, l'obligeant à faire de tout petits pas.

« Je n'attraperais jamais un voleur, habillée comme ça ! plaisanta-t-elle en passant sa tête dans la cabine d'Alice.

— Moi non plus ! » répondit Alice en pouffant de rire.

Elle baissa les yeux sur la multitude de fronces bouffantes de sa robe. « Il faudra que je reprenne tout ça », admit Rosalind en regardant les filles l'une après l'autre.

Ensuite, elle ajusta les vêtements sur elles, piquant des épingles dans les coutures.

« Aïe ! cria Bess quand l'une d'elles se planta dans sa peau à travers la fermeture Eclair.

— Faites donc attention, Rosalind ! gronda M. Reese depuis son bureau. Après tout, ces jeunes personnes sont mes détectives privées ! »

Là-dessus, la femme renversa une boîte d'épingles. Elle les ramassa avec des gestes nerveux et maladroits. Quand elle eut terminé son travail, elle annonça aux filles que les robes leur seraient livrées le lendemain, dans l'après-midi.

« Je laisserai vos noms au contrôle, dit M. Reese aux trois amies. Ainsi vous n'aurez pas besoin d'acheter de billets. Vous avez l'adresse de l'endroit où se déroulera la fête, n'est-ce pas ? Eh bien, je vous verrai là-bas !

— Parfait ! répondit joyeusement Alice. Et merci pour tout !

— Quel dommage que nous ne puissions inviter Ned, Bob et Daniel..., déclara Bess quand elles atteignirent l'immeuble où habitait Cécile Roy.

— Ce sera pour la prochaine fois, répliqua Alice.

— La prochaine fois! Comme s'il y en aura une!» fit Bess avec une moue.

Mais au matin, quand le soleil brilla sur la neige fraîchement tombée, la jolie blonde retrouva son entrain habituel.

«Pour être en beauté ce soir, je vais me reposer et me livrer à quelques soins, déclara-t-elle en faisant bouffer ses boucles.

— Comme la fête risque de se prolonger fort tard dans la nuit, je pense que c'est une excellente idée — pour nous toutes!» approuva Alice.

Les trois amies restèrent toute la journée à la maison. Pourtant les heures s'écoulèrent très vite. Quand Cécile Roy rentra en fin d'après-midi avec les commissions, les robes retouchées n'étaient toujours pas arrivées!

«Nous devrions peut-être appeler M. Reese à son bureau», suggéra Bess.

Alice composa le numéro, mais une voix à l'autre bout du fil lui apprit que le couturier était parti de bonne heure.

«Et Rosalind est-elle là? s'enquit la jeune fille.

— Un instant, s'il vous plaît.»

Au bout d'une longue pause, la voix revint à l'appareil.

«Non, je regrette. Elle n'est pas là non plus.

— Eh bien, me voilà bonne pour remettre

ma robe tachée!» déclara Marion quand Alice raccrocha.

Cependant, quelques minutes plus tard, quelqu'un à l'interphone de l'entrée de l'immeuble leur annonça la livraison.

«Ouf! Il était temps!» s'écria Bess quand elle vit les robes dans leurs pochettes en plastique.

Les filles les sortirent aussitôt et se précipitèrent dans la chambre à coucher pour se changer. Mais, quand elles tirèrent sur les fermetures Eclair, celles-ci résistèrent. Elles étaient bloquées par des points très serrés.

Impossible d'entrer dans les vêtements.

Chapitre 16

Rendez-vous nocturne

Horrifiées, les trois filles regardèrent les robes.

« Qu'allons-nous faire ? » gémit Bess.

Alice demanda aussitôt à sa tante si elle avait une paire de petits ciseaux.

« Trois paires seraient encore mieux, ajouta Marion.

— Voilà tout ce que j'ai, répondit Mlle Cécile Roy en sortant de minuscules ciseaux d'une boîte à couture et de grands ciseaux d'un tiroir de bureau. Mais je crains que vous ne fassiez un trou dans le tissu avec ce gros instrument.

— Comme il ne nous reste que fort peu de temps, il faudra que nous en prenions le risque... » répondit Alice.

Tandis que les cousines se mettaient à l'ouvrage avec les petites lames, Alice glissa les longues sous les fils d'en haut qui bloquaient la fermeture Eclair. Elle les coupa, point après point, jusqu'à la base métallique qui semblait être à des kilomètres de l'endroit où elle avait commencé. Ce n'est qu'après avoir terminé leur délicat travail que les amies prirent le temps de parler.

« Qui a pu faire une chose pareille ? demanda Bess en se changeant rapidement. Pas Rosalind, tout de même !

— Qui sait ? » répondit Alice pensivement en se rappelant que la modéliste avait des rapports avec la maison Millington.

Mais comme les retouches étaient bien faites, elle en conclut que Bess devait avoir raison.

« En tout cas, quelqu'un voulait nous empêcher d'aller à la fête des cristaux ce soir, dit Marion en se donnant un coup de peigne.

— Mais cet inconnu, ou inconnue, ignorait qu'il tombait sur trois excellentes couturières ! » ajouta Cécile Roy en riant.

Les filles paradèrent devant elle, faisant apparaître un sourire de satisfaction sur ses lèvres.

« Voilà ce que j'aime voir : trois charmantes jeunes filles partant pour une agréable soirée, dit-elle. Sans mission dangereuse, j'espère. »

Sa voix exprimait un léger doute.

« Tant que nous restons ensemble, nous ne risquons rien, lui assura Alice.

— Ahah ! Cela veut-il dire que tu t'attends à des ennuis ?

— Pas du tout ! affirma la jeune détective avec un clin d'œil. Au revoir, chère tante. »

En arrivant dans le hall de l'hôtel où se déroulait la fête, les trois amies furent très impressionnées par les décorations. De délicats flocons de neige et des cristaux de glace pendaient du plafond au-dessus d'un bouquet de bouleaux aux branches argentées. Sur les tables de la salle à manger, des miroirs reflétaient les lustres du plafond eux aussi décorés de motifs hivernaux.

« Une véritable féerie, lança Alice en regardant les femmes vêtues de superbes robes du soir et les hommes en smoking.

— Voilà M. Reese! annonça Bess. Avec sa femme, je suppose. Quelle élégance! »

Le couturier aperçut les filles en même temps. Il s'approcha et leur présenta Sheila, son épouse.

« Elle a quitté notre maison en Floride rien que pour assister à cette fête, dit-il, expliquant ainsi le teint hâlé de sa compagne.

— Richard m'a beaucoup parlé de vous », affirma Sheila avec un sourire qui découvrit des dents aussi brillantes que son fourreau blanc.

Mais avant qu'elle ait pu poursuivre, une autre femme l'appela. M. Reese resta seul avec les trois amies. Il les guida à travers la foule, s'arrêtant de temps à autre pour faire des présentations.

« Voilà manifestement des modèles de Reese, déclara un homme de belle prestance à l'abondante chevelure blanche. Quelles sont donc ces mystérieuses jeunes filles, Richard? »

Mais le styliste fit semblant de ne pas avoir

entendu. Il rejoignit deux autres invités qui se tenaient un peu plus loin. Les trois amies, cependant, restèrent en arrière pour parler à l'homme aux cheveux blancs. Elles sursautèrent presque quand celui-ci déclina son identité.

«Je suis Arnaud Hans...» dit-il.

Le couturier sous le nom duquel les robes de Reese avaient été reproduites dans le catalogue de Chalmers! Pas étonnant que M. Reese lui eût fait grise mine!

Quand les jeunes détectives se présentèrent enfin, Hans parut reconnaître Alice.

«J'ai entendu parler de vous, mademoiselle Roy. Il paraît que vous menez une enquête pour le compte de Richard. Je vous prie de noter que je ne lui ai jamais rien volé. Il m'a injurié l'autre jour au téléphone, m'accusant de lui avoir pris certaines de ses créations de printemps et de les avoir vendues à Chalmers. C'est faux et je peux le prouver. J'ai des doubles datés de tous mes croquis!»

Tout en surveillant ses paroles de peur d'en dire trop, Alice admit que les deux hommes avaient pu avoir des idées de robes similaires.

«Pour ma part, je suis persuadé que Millington ne lui a pas volé de modèles non plus, poursuivit Hans. D'autres personnes ont eu la même inspiration que lui, avant lui, et c'est cela qui le rend furieux. C'est tout. Il est vexé parce qu'il sait que son talent est sur le déclin.

— Pas du tout! protesta vivement Bess. La robe que je porte est merveilleuse!

— Oui, pas mal, mais c'est ce qui se faisait l'année dernière», répliqua Hans avec méchanceté.

La conversation se termina abruptement, Alice entraînant ses amies plus loin.

«Où allons-nous? s'informa Bess.

— Voir Russell Kaiser.

— Il est ici? s'étonnèrent les cousines.

— Pas le vrai..., chuchota leur amie. Le copain de Ted Henri, Pete Grover. Attention, le voilà!»

Apercevant les trois filles, l'homme les salua avec chaleur.

«Quelle agréable surprise! s'écria-t-il.

— Nous avons appris la nouvelle du cambriolage par le journal, dit Marion.

— Quel cambriolage? bredouilla l'autre.

— Celui de votre appartement, expliqua Bess.

— Ah oui, bien sûr, ce cambriolage-là!» Pete Grover rit nerveusement. « Mais parlons de choses plus gaies. En fait, j'avais l'intention de vous appeler, Alice. Au sujet de l'individu qui a acheté le médaillon de mon oncle chez Speers.

— Vous avez des renseignements sur lui? s'enquit Alice.

— Non, mais je me demandais si vous en aviez, vous.

— Je ne l'ai plus revu depuis ce soir-là, mais je crois savoir où le trouver, répondit Alice.

— Ah oui? C'est merveilleux! J'espère que vous allez m'en dire plus à ce sujet. Mais d'abord il faut que je parle à mon ami Bob, là-bas. Cela fait un moment que je le cherche. Je reviens tout de suite. »

Là-dessus, Grover tourna les talons et disparut rapidement dans la foule. Les filles étaient persuadées que son ami n'était qu'un prétexte et qu'il essaierait de les éviter pendant le reste de la soirée.

Un peu plus tard, Alice aperçut Grover derrière un bouleau. Il conversait avec un homme en smoking. Se demandant qui il était, Alice s'éloigna des cousines, mais elle fut arrêtée par le bras long, couvert de bracelets de Sheila Reese.

« Où courez-vous donc ? demanda la femme du couturier. Venez ici, j'aimerais vous présenter à quelques-uns de nos amis. »

Pour ne pas se montrer impolie, Alice la suivit à une table où son mari et un autre couple étaient installés. A son grand soulagement, elle vit Bess et Marion, qui avaient compris ce qui se passait, filer Grover à sa place. Un peu plus tard, cependant, elles vinrent rejoindre le groupe à la table.

« Nous l'avons perdu, chuchota Marion en s'asseyant.

— Ne te tracasse pas, répondit Alice à voix basse également. Ce n'est pas votre faute. »

Juste à cet instant, elle renversa un verre d'eau d'un coup de coude maladroit.

« Oh ! s'exclama-t-elle en se hâtant de redresser le verre, mais de l'eau était tombée sur ses genoux. Veuillez m'excuser une minute », dit-elle.

Tandis que M. Reese regardait avec tristesse les marques d'eau sur sa précieuse robe, Alice se leva pour se rendre aux toilettes. Quand elle en ressortit, elle ne regagna pas tout de suite la table. Au lieu de cela, elle fit le tour de la salle. Finalement, elle repéra de nouveau Pete Grover et son compagnon. Bien qu'ils eussent le dos tourné, elle voyait nettement leurs visages reflétés dans un grand miroir au mur. L'autre homme, c'était Ted Henri, alias Chris Chavez ! Les deux compères consultaient leur montre comme si quelque événement allait se produire.

Alice s'approcha d'eux sans se faire remarquer et tenta de surprendre leur conversation. Le brouhaha des voix dans la pièce lui parut soudain presque intenable. Elle ne perçut que les mots « Gramercy Park » et « Onze ». Ce chiffre indiquait-il une adresse ou une heure ?

Elle ne put glaner aucun autre renseignement : deux cavalières, en effet, entraînèrent les hommes sur la piste de danse. Alice se hâta de retourner à la table de Reese, mais elle la trouva vide. Promenant son regard sur les danseurs, elle ne vit pas ses amies.

« Où peuvent-elles bien être ? » murmura-t-elle.

Elle aurait bien voulu faire part à Bess et à Marion de ce qu'elle venait d'apprendre. Mais les cousines semblaient avoir disparu et, dans moins de vingt minutes, il serait onze heures — heure à laquelle Alice aurait peut-être l'occasion d'éclaircir le mystère. Sa décision fut bientôt prise. Elle courut au vestiaire chercher sa cape et y déposa un message détaillé pour ses amies. Puis elle se précipita dans la rue et héla un taxi.

Alors qu'elle approchait de Gramercy Park, Alice constata avec soulagement que la neige tombée un peu plus tôt avait entièrement fondu, ne laissant qu'un peu d'humidité sur les trottoirs. Elle demanda au chauffeur de l'arrêter quelques portes avant le numéro onze, puis elle se posta sur le trottoir opposé.

Là, à la lueur d'une lune décroissante et d'un lampadaire, elle fixa son regard sur le numéro onze. A la fenêtre du second étage, elle remarqua une silhouette qui se découpait à contre-jour. Celle-ci disparut. Peu après, elle se tenait sur le seuil de la porte d'entrée.

C'était Rosalind, la modéliste de Reese!

Chapitre 17

Ruse à quatre mains

Transpercée par le vent glacial, Alice observa la femme debout devant l'entrée. Manifestement, elle attendait quelqu'un. Puis, comme en réponse à la curiosité de la jeune détective, un taxi s'arrêta devant le numéro 11 et M. Belini, le marchand de tissus, en descendit.

Au même moment, Alice remarqua une camionnette garée un peu plus bas dans la rue. Allumant et éteignant ses phares, le véhicule roula doucement vers la maison. Cependant, les lampadaires dispensaient trop peu de lumière pour qu'Alice pût distinguer le conducteur et la personne assise à côté de lui.

Sur une impulsion, Alice releva le col de sa cape et fila vers le coin de rue le plus proche. Puis, décrivant un demi-cercle, elle s'approcha de l'arrière de la camionnette tandis que

Belini entrait et ressortait de l'immeuble. Son cœur battant à tout rompre, la jeune fille se jeta dans l'ombre d'un bâtiment adjacent.

Rosalind semblait avoir disparu, mais Belini courut à l'arrière de la camionnette. Il ouvrit une des portières, révélant un présentoir à vêtements plein de robes recouvertes d'une housse en plastique.

« Si seulement je pouvais les examiner de plus près ! » pensa Alice.

Le marchand de tissus se pencha à l'intérieur du véhicule et passa sa main dans les habits comme s'il les comptait. Il secoua la tête et se précipita une fois de plus dans la maison, laissant la portière de la fourgonnette ouverte.

Aussitôt Alice bondit en avant et, saisissant une des enveloppes de plastique, la tira vers la lumière. Comme elle l'avait soupçonné, la robe qu'elle recouvrait était l'une de celles qui avaient été volées lors du gala de bienfaisance !

Cependant, avant qu'elle ait eu le temps d'inspecter le reste, la porte de l'immeuble se rouvrit et elle entendit la voix de Belini. Effrayée, elle grimpa dans la camionnette. Heureusement pour elle, le moteur tournait, couvrant ainsi le bruit qu'elle pouvait faire.

Belini se dirigea vers le véhicule, puis s'arrêta pour parler au conducteur. Cette brève conversation donna le temps à Alice de se cacher derrière le « stayak ». A son grand soulagement, elle constata qu'il y avait une cloison entre l'avant et l'arrière de la fourgonnette. Personne donc ne pouvait la voir, à moins de déplacer les robes.

Mais elle avait très peu d'air et tous ces vêtements autour d'elle créaient une chaleur presque suffocante.

« J'ai peut-être eu tort de monter dans la camionnette après tout », murmura Alice en réalisant brusquement qu'elle était prisonnière !

Mais elle n'eut pas le temps de revenir sur sa décision et de descendre : les roues du véhicule se mirent à bouger sous elle !

Entre-temps, Marion et Bess avaient fait la connaissance de deux jeunes gens qui se présentèrent à elles sous les noms de Woody Haskins et de Frank Vanderveer. Tous deux semblaient avoir une vingtaine d'années. Leurs parents, dirent-ils, étaient des confectionneurs. Ils avaient vécu à New York toute leur vie.

« Et vous deux, d'où êtes-vous ? s'enquit Woody.

— De River City, ville natale de la célèbre Alice Roy, répondit Bess.

— Ah oui, la détective amateur », dit Woody.

Puis il entraîna Bess sur la piste de danse.

« Oui, acquiesça la jeune fille blonde. Comme moi.

— Vous résolvez des énigmes, vous aussi ? » demanda Frank à Marion.

Il était grand et paraissait réservé. Comme il ressemblait un peu à son ami de cœur Bob

Eddleton, Marion se sentit tout de suite en confiance avec lui.

« Bien sûr ! répondit-elle gaiement. De concert avec Alice et ma cousine. »

Le rythme de la musique s'accéléra et les deux couples s'éloignèrent l'un de l'autre. Ensuite, les cavaliers conduisirent les filles au buffet pour y manger quelques petits sandwiches. Quand elles retournèrent à leur table, Bess et Marion prirent soudain conscience qu'Alice n'était pas encore revenue.

Vaguement inquiètes, elles se demandèrent ce qui était arrivé à leur amie. Bess poussa Marion du coude.

« Nous nous sommes tellement bien amusées que nous en avons oublié Alice ! chuchota-t-elle. Où a-t-elle pu aller ?

— Je n'en sais rien. Mais je pense que nous devrions la chercher. »

Les cousines s'excusèrent et commencèrent à s'éloigner, mais aucun des deux cavaliers ne voulut les laisser s'échapper si vite. La musique avait repris. Frank et Woody coururent après Bess et Marion, et les supplièrent de leur accorder une autre danse.

« Mais nous devons partir ! protesta Bess alors que, la prenant par la main, Woody essayait de la ramener sur la piste.

— Pourquoi ? Vous vous changez en citrouille à onze heures ? »

Le jeune homme rit et Bess ne put s'empêcher de sourire également.

« Non, mais nous ne pouvons pas rester, assura-t-elle en s'approchant de Marion qui regardait son cavalier d'un air malheureux.

— Vous êtes venues ici pour vous amuser, n'est-ce pas? plaida Frank. Alors pourquoi voulez-vous rentrer si tôt chez vous?

— Nous ne rentrons pas chez nous..., lâcha Marion. Nous devons faire une enquête!

— Ce soir? s'écrièrent Woody et Frank en chœur.

— Nous vous accompagnons, offrit ce dernier.

— Oh non! protesta Bess. C'est gentil de votre part de nous le proposer, mais...

— Eh bien, c'est d'accord alors, l'interrompit Frank. Reste à savoir ce que nous cherchons!

— Notre amie Alice, répondit Marion.

— Décrivez-la-nous, poursuivit Frank, ainsi nous pourrons faire nos investigations chacun de notre côté. Ensuite, nous nous retrouverons tous à votre table.»

Bess et Marion étaient bien contentes d'avoir de l'aide. Cependant, quand elles rejoignirent les jeunes gens un quart d'heure plus tard, aucun d'eux n'avait aperçu Alice.

«Elle a peut-être quitté la fête..., avança Woody.

— Allons voir si sa cape est encore au vestiaire», proposa Marion.

Quand les cousines questionnèrent la préposée, celle-ci leur remit le message d'Alice.

«Rendons-nous tout de suite là-bas, pressa Frank. Va chercher un taxi, Woody.»

Dans la voiture, Bess chuchota à Marion :

« Nous avons de la chance d'avoir deux hommes forts avec nous !

— Pourvu, surtout, que nous trouvions Alice ! »

Quand elles descendirent du taxi dans la rue Gramercy Park, presque tous les immeubles étaient éteints et le numéro 11 paraissait vide.

« Alice a peut-être renoncé à son projet et elle est peut-être rentrée chez elle, suggéra Woody.

— Renoncer ? Alice ? Jamais ! » affirma Bess.

Quittant un instant leurs compagnons, Marion et elle se hâtèrent vers une grille en fer qui entourait le parc. Elles croyaient avoir entendu quelqu'un pleurer. Mais, en s'approchant elles découvrirent un chiot qui gémissait.

« Où Alice a-t-elle bien pu aller ? » se lamenta Bess.

Marion et elle longèrent la clôture, scrutant les ténèbres. Alice avait-elle été enlevée et emmenée dans quelque coin perdu en ville ?

Alors qu'elles revenaient vers les jeunes gens, qui étaient restés près de l'entrée du numéro 11, les cousines virent briller quelque chose sur la chaussée.

C'était une des boucles d'oreilles d'Alice !

« Elle est écrasée...

— Une voiture a dû rouler dessus.

— Peut-être celle qui a servi à kidnapper notre amie ! » s'écria Bess, angoissée.

Alors qu'elle parlait, une fenêtre s'ouvrit

au-dessus d'eux et une femme interpella le petit groupe. Les cousines levèrent la tête pour voir qui c'était, mais l'inconnue recula en même temps que l'air glacial pénétrait dans la pièce.

« La personne que vous cherchez est ici! cria-t-elle.

— Est-ce vous, Rosalind ? » demanda Marion qui avait cru reconnaître la voix de la modéliste.

Mais, au lieu d'une réponse, elle n'entendit que le bruit d'une toux rauque.

« On monte ? s'enquit Bess, hésitante.

— Qu'est-ce qu'on risque ? dit Woody.

— Nous sommes avec vous, après tout », ajouta son ami.

Les filles, pendant une seconde, se demandèrent si l'invitation n'était pas une sinistre ruse. Si Alice était retenue prisonnière dans cet immeuble, elles tomberaient peut-être dans le même piège !

« Venez, pressa Woody en marchant en tête dans le couloir mal éclairé. Il faut que nous retrouvions Alice ! »

Bess, Marion et Frank le suivirent. Le bruit de leurs pas dans l'escalier se répercuta dans la maison silencieuse. Quand Woody frappa du poing contre la porte, les cousines frissonnèrent. Avec anxiété, elles attendirent que la femme leur ouvrît !

Chapitre 18

Complices inattendus

La porte s'ouvrit brusquement, mais on ne voyait personne dans la pièce à peine meublée. Bess et Marion entrèrent.

« Alice ? appelèrent-elles.

— Nous nous sommes peut-être trompées d'appar... » commença Marion.

Soudain, elle et Bess furent attrapées par-derrière et entraînées vers le mur opposé. Une main de leurs agresseurs posée sur leurs yeux les empêchait de distinguer leurs visages.

« Au secours ! » crièrent les cousines alors qu'on les poussait dans un placard.

L'instant d'après, une clé tournait dans la serrure.

« Ils doivent aussi avoir maîtrisé Frank et Woody, dit Marion en pressant son oreille contre la porte. Je n'entends aucun bruit. »

Bess, à son tour, tendit l'oreille, mais la

chambre paraissait vide. Les ravisseurs avaient-ils emmené les deux jeunes gens, abandonnant les filles dans leur étouffante prison?

«Je crois que je vais m'évanouir, murmura Bess en chancelant.

— Ce n'est pas le moment de tomber dans les pommes!» répliqua sa cousine.

Elle allait se jeter de toutes ses forces contre la porte quand des bruits de pas retentirent.

Etaient-ce leurs agresseurs qui revenaient?

Les filles se figèrent. Un frisson leur parcourut l'échine. Marion se pencha en hâte vers le trou de serrure. Celui-ci n'offrait qu'une vue partielle de la chambre. Marion put toutefois identifier ceux qui se trouvaient dedans.

«Woody et Frank!» s'exclama-t-elle d'une voix étouffée.

Les deux jeunes gens les avaient-ils dupées? Avaient-ils usé de leur charme pour les capturer?

«Que vois-tu? chuchota Bess.

— Chut!» fit sa cousine en pressant son oreille contre le trou.

«Il n'y a qu'à les garder ici jusqu'à ce que nous nous soyons débarrassés de la troisième, disait Woody.

— Où est-elle? demanda Frank.

— Dans la fourgonnette. Elle a dû la trouver garée devant la maison et grimper dedans. Ils l'ont découverte cachée derrière les robes.»

Bess tapota l'épaule de Marion, la suppliant de la mettre au courant. Mais sa cousine secoua la tête : elle ne voulait pas perdre une miette de la conversation.

« Rosy veut que nous la retrouvions d'ici une heure à l'embarcadère », reprit Frank.

A ce moment-là, il prit un cigare et en froissa le papier de cellophane, ce qui rendit le reste de ses paroles inintelligibles.

Pour Marion, il ne faisait aucun doute que « la troisième » c'était Alice et que Rosy, c'était Rosalind, la modéliste de la maison Reese. Cette femme s'était-elle réconciliée avec le couturier uniquement parce qu'elle voulait avoir accès à sa production ?

« Reese n'aurait jamais dû renvoyer Paula Jenner, reprit Frank en tirant sur son cigare. Ces deux sœurs sont liées comme les doigts de la main. »

Il y eut un silence : Frank s'approchait du placard. La fumée âcre du cigare filtra à travers le trou de la serrure.

« Toujours en vie, là-dedans ? demanda-t-il d'un ton sarcastique. Désolé d'avoir dû vous boucler, les filles ! »

Les cousines ne répondirent pas. Marion confirma à Bess que l'homme qui parlait était bien son cavalier, Frank. La jeune fille blonde faillit en pleurer de déception, mais Marion lui étreignit le bras pour la forcer à écouter.

Les hommes, cependant, ne firent plus qu'une autre vague allusion au dernier embarcadère sur les quais, à l'ouest de la ville.

« Pourquoi n'y allons-nous pas maintenant ?

reprit la voix de Woody. Ces deux-là ne risquent pas de s'échapper. »

« Ils partent ! » murmura Marion.

Elle attendit un instant, puis, quand elle fut sûre que les jeunes gens avaient quitté la maison, elle se rua de tout son poids contre la porte, espérant faire sauter la serrure. Celle-ci, cependant, résista et la douleur aiguë qui traversa son épaule l'obligea à s'arrêter.

« Laisse-moi essayer », dit Bess.

Résolue, elle bondit en avant, frappant le panneau avec violence. La porte ne s'ouvrit pas, mais les vis de la serrure commencèrent à céder.

« Je savais bien que mes kilos excédentaires serviraient à quelque chose un jour... » ironisa Bess.

De nouveau, elle se jeta contre le bois. Cette fois, les gorges de la serrure sautèrent.

« Tu es formidable ! » dit Marion à sa cousine alors que toutes deux dévalaient l'escalier et se précipitaient dehors, dans l'air froid et humide.

Elles coururent vers un coin de rue où l'on voyait de la circulation et hélèrent un taxi.

« Où est-ce que je vous emmène ? demanda le chauffeur.

— Au dernier embarcadère des quais de l'ouest, répondit Marion.

— Hein ? fit l'homme. Vous ne croyez pas qu'il est un peu tard pour prendre un bain ? »

Les cousines n'étaient pas d'humeur à plaisanter. Elles n'en continuèrent pas moins à écouter poliment le chauffeur.

« Il n'y a plus de bateaux non plus à cette heure-ci ! poursuivit-il. Je vous conseille de rentrer chez vous, mesdemoiselles.

— Je ne demanderais pas mieux... murmura Bess tandis qu'une bise glaciale s'infiltrait par la vitre légèrement baissée.

— Estime-toi heureuse d'être sortie de ce placard, chuchota Marion.

— Oui, mais nous ne sommes pas sorties de l'auberge ! » rétorqua sa cousine.

Entre-temps, le chauffeur avait contourné le parc et traversait la ville. Il roulait lentement, ce qui permettait à ses passagères d'établir un plan de bataille.

« Et si l'une de nous se fait attraper ? demanda Bess.

— Par Frank ou Woody ?

— Ou par n'importe qui d'autre...

— Alors celle qui reste saute dans ce taxi et se rend au commissariat le plus proche.

— C'est peut-être ce que nous devrions faire tout de suite, conseilla Bess.

— J'y ai pensé moi aussi, mais je doute que nous puissions convaincre un policier de nous accompagner. Il nous prendrait sûrement pour deux pauvres gamines complètement cinglées.

— Tu crois ? fit Bess en baissant les yeux sur sa robe de taffetas qui dépassait de son manteau. Moi, je trouve que nous avons plutôt l'air très chic et comme il faut.

— Peut-être, mais New York ce n'est pas River City où tout le monde nous connaît, y compris le commissaire Stevenson ! »

Cette remarque ne fit qu'accroître la peur de Bess.

« Il fait noir comme dans un four! s'écria-t-elle alors que le taxi prenait la direction de la rivière Hudson.

— Vous voulez vraiment que je vous dépose à cet embarcadère ? s'enquit à nouveau le chauffeur.

— En fait, nous aimerions que vous nous attendiez, répondit Marion.

— Combien de temps ?

— Cela dépend, dit Bess.

— De quoi ?

— Eh bien, de ce que nous trouverons.

— Hum... Et que cherchez-vous exactement ?

— Nous cherchons notre amie, expliqua Marion. Elle a été enlevée et nous pensons qu'elle a été emmenée à cet embarcadère. »

L'homme la scruta un moment du regard.

« Et vous, vous allez jouer les petites dures et la libérer, hein ? Si vous me dites la vérité, pourquoi n'alertez-vous pas les flics ?

— Je crains qu'ils ne nous croient pas, avoua Marion timidement.

— Il y a des chances. Moi non plus, je ne vous crois pas. »

Marion et Bess ne répondirent pas. De nouveau, le regard du chauffeur quitta la route pour se fixer une seconde sur elles

« D'où êtes-vous ?

— De River City.

— Vous venez d'arriver ?

— Non. Nous étions à la fête des cristaux

de glace et c'est là que notre amie a disparu », dit Bess.

Marmonnant entre ses dents, le chauffeur s'approcha de l'entrepôt situé sur le dernier embarcadère. L'endroit était sinistre. Des glaces flottantes frappaient contre le quai. Il n'y avait d'autre lumière que celle de la lune embrumée.

« J'aurais mauvaise conscience à vous abandonner seules ici, déclara finalement le chauffeur. Mais le compteur va continuer à tourner. Cela vous coûtera cher.

— Tant pis. Merci d'accepter de rester », dit Marion.

Entendant un bruit de moteur sur l'eau, Bess descendit la vitre.

« Qui peut bien naviguer sur la rivière à cette heure de la nuit ? » s'étonna-t-elle.

Le taxi se rapprocha lentement.

« Ce bateau transporte peut-être des vêtements volés ! suggéra Marion, tout excitée. Voulez-vous éteindre vos phares ?

— Voilà qu'on joue aux gendarmes et aux voleurs dans le noir maintenant ! » grommela l'homme, mais il obtempéra.

Pendant un moment, tous écoutèrent l'embarcation s'éloigner. Peu à peu, le teuf-teuf des machines se transforma en un faible bourdonnement.

« Parti ! fit Bess. Et nous ne saurons probablement jamais ce que ce bateau faisait ici. Nous devrions peut-être rentrer chez la tante d'Alice...

— Bonne idée, approuva le chauffeur en

jetant un coup d'œil à son compteur. Je préférerais gagner de l'argent d'une autre façon!»

Il pressa légèrement l'accélérateur et ralluma les phares. Alors qu'il tournait pour s'éloigner de l'entrepôt, les cousines aperçurent une fourgonnette garée sur l'embarcadère, près d'une clôture en treillis métallique. Une voiture bleue stationnait derrière elle.

«Oh! Pouvez-vous arrêter, monsieur? supplia Marion.

— Près de la camionnette?

— Juste avant.»

Le chauffeur s'exécuta et la jeune détective sauta hors de la voiture. Laissant Bess attendre, elle courut vers le véhicule.

«Je me demande si c'est celui dont parlaient Woody et Frank, se dit-elle, celui dans lequel on a découvert Alice.»

Avec précaution, Marion tourna la poignée de la portière arrière qui s'ouvrit. La gorge de la jeune fille se serra : à la lueur des phares du taxi, elle aperçut un vêtement noir jeté en tas sur le plancher de la fourgonnette. C'était la cape du soir d'Alice!

Elle fit signe à Bess, puis se dirigea vers l'entrepôt. Sur une pancarte, à la porte, on lisait : FERMÉ. Un rai de lumière transparaissait cependant sous la porte.

Bess bondit hors du taxi et courut rejoindre sa cousine

«Nous devons appeler la police! haleta-t-elle.

— Nous n'en avons pas le temps!»

Bess enfonça ses talons dans une couche de gravier. Un frisson la parcourut.

« Si nous entrons, ils nous feront prisonnières! »

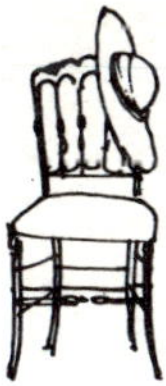

Chapitre 19

Au feu!

Au lieu d'écouter l'avertissement de sa cousine, Marion, d'un geste résolu, glissa sa main sous le loquet, le souleva sans bruit et entrebâilla la porte.

Elle regarda par la fente, puis se rejeta en arrière avec un cri étouffé.

« Oh! Mon Dieu!

— Qu'y a-t-il? chuchota Bess.

— Des centaines de vêtements! Regarde!»

Bess pressa sa figure contre l'interstice, puis marmonna :

« Je parie que c'est un entrepôt de marchandises volées.

— Ça m'en a tout l'air!

— Qu'allons-nous faire?

— Entrer! Alice est peut-être là-dedans, ligotée!

— Mais le gang y est aussi! Les gens de la fourgonnette et Frank et Woody, qui ont dû arriver dans cette voiture! Peut-être même Rosalind...

— Nous devons en prendre le risque. Cet entrepôt est immense. Si nous faisons très attention, ils ne s'apercevront même pas de notre présence. »

Coupant court aux objections de Bess, Marion se faufila silencieusement par la porte.

Les cousines s'accroupirent derrière le « stayak » le plus proche et tendirent l'oreille. On n'entendait aucun bruit. Au bout d'une minute, Marion fit signe à sa cousine de la suivre.

Sur la pointe des pieds, les jeunes détectives se déplacèrent entre les penderies, cherchant anxieusement une trace d'Alice ou de leurs ennemis. Mais elles ne trouvèrent que des habits!

Soudain, Marion s'arrêta net.

« Regarde! chuchota-t-elle en désignant un vêtement accroché sur un cintre, sans housse en plastique. N'est-ce pas la robe qu'Alice portait ce soir? »

Remarquant des traces de maquillage sur le décolleté ivoire, Bess acquiesça de la tête.

« Oui, c'est... »

Elle s'interrompit. Quelqu'un venait.

« Vite! Là-bas! » dit Marion en désignant une pile de cartons, le long du mur.

Les filles avancèrent furtivement en prenant soin de ne pas faire claquer leurs talons sur le sol cimenté. Leur cœur battait à tout rompre. Soudain la voix de Frank s'éleva :

« Hé, Woody! Je crois que nous ne sommes plus seuls ici! »

Les filles perçurent le son d'autres pas qui approchaient, puis la voix de Woody qui répondait :

« As-tu vu quelqu'un?

— Non, mais j'ai entendu un bruit.

— Bon, toi tu vas fouiller un bout de la pièce, moi l'autre. »

Bess et Marion avaient atteint le tas de cartons. S'accroupissant, chacune d'elles renversa un emballage sur elle.

« Pourvu qu'ils ne bougent aucune de ces boîtes! » pensa Marion avec inquiétude. Un des hommes passa si près d'elle que Bess faillit pousser un cri, mais les pas s'éloignèrent.

« C'était sans doute un rat, déclara Woody. Viens, finissons d'inventorier la marchandise qu'on vient de nous livrer. J'ai hâte de rentrer me coucher. »

Les deux jeunes gens partirent dans un autre coin de l'entrepôt. Les cousines s'extirpèrent lentement de leurs cachettes.

« Qu'est-ce qu'on fait? demanda Bess. Nous ne pouvons pas rester ici. Ces gars risquent de revenir d'un instant à l'autre. »

Marion avait repéré une porte à l'autre bout.

« Alice est peut-être là derrière. »

Elle examina l'étroit espace qui y menait. Entre le mur et les rangées d'habits s'entassait une pile d'objets. Elle, elle aurait assez de place pour passer sans rien toucher. Mais

Bess portait une crinoline sous sa jupe en taffetas !

« Enlève ton jupon ! conseilla-t-elle à sa cousine. Sinon, tu vas heurter un millier de choses et ils vont nous entendre. »

Promenant son regard sur l'alignement de boîtes, de miroirs et de rouleaux de papier, que des studios de photographie comme Zanzibar utilisaient comme fond, Bess comprit qu'elle n'avait pas le choix. Il s'agissait d'une course d'obstacles qu'elle devait entreprendre sans handicaps.

Aussi rapidement qu'elle le put, elle dégrafa son jupon et le laissa glisser à terre. Puis avec précaution, elle rejoignit sa cousine sur la pointe des pieds. Marion saisit la poignée et la tourna lentement.

A son grand soulagement, la porte s'ouvrit sans difficulté. Les filles pénétrèrent dans une petite pièce sans fenêtres éclairée par une seule ampoule nue qui pendait du plafond. Par terre, elles virent d'autres cartons et quelques « stayaks » vides. Et, près d'une des grandes boîtes, Alice, vêtue d'une simple robe de coton ! Elle était ligotée et bâillonnée !

« Alice ! » s'écria Bess.

Elle s'agenouilla aussitôt et entreprit de libérer son amie. Marion cherchait une paire de ciseaux pour couper les liens d'Alice quand, soudain, elle entendit de nouveau un bruit de pas. On aurait dit ceux d'une femme et ils se rapprochaient !

Elle fit signe à Bess de ne faire aucun bruit,

puis elle se pressa contre le mur et attendit que la porte s'ouvrît.

Les pas s'arrêtèrent devant le seuil comme si la personne hésitait à entrer. Enfin, elle se décida. C'était Rosalind!

Les cousines se ruèrent sur elle. Avant que la modéliste ait eu le temps de pousser un cri, Marion lui plaqua une main sur la bouche. En même temps, elle referma la porte d'un coup de pied.

« Lâchez-moi! parvint à articuler Rosalind.

— Pas question! » répondit la jeune fille.

Bess prit un morceau de tissu dans l'une des boîtes et le fourra dans la bouche de la femme. Marion ôta sa cordelière de soie et s'en servit pour attacher les poignets de Rosalind. Puis elle força la modéliste à se coucher par terre.

Bess s'assit sur ses jambes. Pendant ce temps, Marion s'attaqua aux liens d'Alice qui n'étaient encore que partiellement défaits. Tirant sur le gros nœud derrière la tête de son amie, elle se cassa un ongle. Finalement, les boucles serrées s'ouvrirent et le bâillon tomba.

« Merci! dit Alice d'une voix enrouée. Que sont devenus les deux types qui m'ont emmenée ici?

— Je n'en sais rien, répondit Marion. Mais nos deux ex-cavaliers Woody Haskins et Frank Vanderveer sont ici!

— Vos ex-cavaliers? demanda Alice, interdite.

— Ils avaient l'air si gentils, marmonna

Marion. Et Woody était si beau garçon. Il a déjà quelques cheveux gris. Il n'a pourtant qu'une vingtaine d'années...

— Est-il brun et a-t-il des traits fins ? interrogea Alice, tout excitée.

— Oui. Pourquoi ?

— Ça doit être lui le type que j'ai vu fouiner dans le salon d'essayage après la présentation des modèles ! Pour une raison quelconque, il est revenu après que les vêtements eurent été volés. Il avait peut-être perdu quelque chose. Comment avez-vous rencontré ces garçons ?

— Nous te l'expliquerons plus tard, répliqua Bess. Pour l'heure, nous ferions bien de filer ! »

Pendant ce temps, Rosalind donnait des coups de pied pour essayer de dégager ses jambes de dessous le poids de Bess.

« Tenez-vous tranquille ! » lui ordonna cette dernière.

En réponse, la femme poussa un grognement de colère.

Maintenant, Alice était libre. Elle se leva péniblement et chancela. Elle avait encore les poignets et les chevilles tout endoloris.

« Tu peux marcher ? lui demanda Bess, inquiète.

— Je pense que oui. »

Ted Henri et Pete Grover avaient quitté la fête des cristaux peu après Alice. D'après un « tuyau » que leur avait involontairement donné Belini, ils s'étaient rendus en voiture à la rue Gramercy Park. Cependant, quand ils arrivèrent, la fourgonnette dans laquelle se trouvait Alice était partie. Ils virent Belini monter dans une auto avec un autre homme. Ni Ted ni son collaborateur ne reconnurent ce dernier.

« Voyons un peu ce qu'ils manigancent », dit Ted en embrayant.

Les hommes, devant eux, semblaient ignorer qu'ils étaient suivis. Ils roulèrent dans les rues obscures et se dirigèrent vers un restaurant ouvert toute la nuit, à l'ouest de la ville. Quand ils pénétrèrent dans un parking, Ted laissa son moteur tourner un moment à l'arrêt, puis alla se garer derrière eux.

« Donnons-leur le temps de s'asseoir avant d'entrer, dit-il à son compagnon.

— Belini nous reconnaîtra, s'inquiéta Pete Grover.

— J'espère surtout qu'il ne nous verra pas. »

Restant dans la voiture, les hommes regardèrent les deux autres s'installer dans un box à cloisons très hautes, près d'une des fenêtres du restaurant.

« O.K. ! fit Ted. On y va ? »

Pete et lui se hâtèrent d'entrer dans l'établissement. Ils trouvèrent un box vide juste derrière celui de Belini. ils tendirent l'oreille pour entendre la conversation de leurs voisins.

« Vous n'auriez pas dû quitter Millington, Iannone, disait le marchand de tissus. Nous avons besoin de vous là-bas.

— Ce n'était pas mon idée mais celle de Rosalind. Dès qu'Alice Roy a mis le pied dans la boîte, Rosy s'est affolée.

— Elle a une peur bleue d'être découverte, cette idiote ! Elle est retournée chez Reese, toi tu es au chômage et moi je suis dans les choux !

— Ecoutez, il s'agit d'une situation provisoire. Nous avons beaucoup travaillé avec Millington. Dès que j'aurai un poste dans une autre société, nous pourrons les intéresser à notre affaire. » Iannone fit une pause et laissa échapper un soupir. « Entre-temps, je suis à votre disposition pour livrer les marchandises importées. Elles sont en bas, sur le quai, n'est-ce pas ? »

Belini fit un signe de tête affirmatif, puis il frappa du poing sur la table.

« Ce que je ne comprends toujours pas,

c'est que vous ayez offert un job à cette fouineuse d'Alice Roy!

— Je ne pouvais pas faire autrement! J'ai essayé de la dissuader de travailler chez Millington, mais elle m'a opposé toutes sortes de bonnes raisons. Toutes visaient à recueillir des renseignements de l'intérieur. Selon elle, c'était la seule façon de découvrir le coupable et innocenter la société des injustes accusations de Reese. Alors j'ai bien été obligé de l'engager : n'étais-je pas censé être un employé loyal et fidèle?»

Belini ricana.

«Je pensais évidemment que Rosalind et moi parviendrions à lui donner le change, poursuivit Iannone, mais Rosy a fait une erreur. Elle a simulé une panne de courant à l'étage et a enfermé la fille juste après que je l'eus embauchée. Elle croyait qu'Alice Roy prendrait peur et abandonnerait.

— C'était vraiment stupide de sa part.

— Oui. Parce que cela me rendait suspect. Quand je lui ai parlé de mes craintes, Rosalind a suggéré que nous quittions tous deux Millington. Bien entendu, les choses finiront par se tasser. Alors je pourrais essayer d'y retourner, mais c'est risqué...

— Très risqué, en effet..., renchérit Belini. Mais finissons notre café et filons. Il se fait tard.»

En entendant ces paroles, Ted et Pete quittèrent subrepticement le restaurant. Ils montèrent dans leur voiture et attendirent que les hommes sortent.

« Alice Roy semble avoir de la suite dans les idées, dit Ted. Je n'ai encore jamais vu de fille aussi obstinée.

— Désolé, mais je t'avais prévenu, répliqua Pete. Je n'ai jamais cru un seul instant que la fausse énigme de la vente aux enchères la détournerait de cette affaire-ci.

— Ma sœur a dit la même chose. Dommage que ces escrocs aient pu joindre Jackie le soir du défilé de mannequin. Sinon, je n'aurais jamais prétendu m'appeler Chris Chavez.

— Que s'est-il passé exactement ?

— Eh bien, l'un de ces individus a dit à Jackie qu'ils m'avaient enlevé, et ne me relâcheraient que si elle acceptait de ne pas participer au gala de bienfaisance. Ils savaient que j'enquêtais sur eux et que Jackie devait présenter des modèles qu'ils avaient l'intention de voler. Ma sœur n'est pas idiote, bien sûr. Elle a exigé de me voir avant de donner son accord. Ils l'ont donc convoquée dans un certain bâtiment. Là, elle n'a pas eu le temps de dire "ouf" qu'on lui mettait un bandeau sur les yeux et qu'on la poussait dans une cave.

— De toute évidence, elle s'en est sortie indemne, commenta Pete.

— Oui, mais malheureusement pas avant que je n'arrive au défilé de mannequins et ne découvre Alice Roy à sa place. Bien entendu, j'ignorais qui elle était tout d'abord. J'ai même pensé un instant que c'étaient les voleurs qui l'avaient introduite. Je l'ai donc invitée à danser, espérant gagner sa confiance pour pouvoir la tenir à l'œil plus tard.

— Pas facile à faire avec quelqu'un comme Alice Roy, dit Pete en riant.

— En effet. Quand j'ai appris son identité, j'ai compris que ça ne serait pas suffisant. Une jeune fille aussi curieuse risquait de compromettre mon enquête.

— Alors tu l'as envoyée sur une fausse piste ?

— C'est exact... » admit Ted.

Pendant ce temps, dans la petite pièce de l'entrepôt, les jeunes détectives avaient réussi à maîtriser Rosalind, mais bientôt elles entendirent les voix de leurs ravisseurs qui se rapprochaient. Même si ces hommes ignoraient ce qui s'était passé, ils coupaient aux filles toute retraite !

« J'aimerais bien que Rosy vienne nous aider à compter ces marchandises, grommelait Frank. Sans un coup de main, nous serons encore là demain matin !

— Tout à l'heure, elle est allée voir ce que fabriquait Alice Roy. Je me demande ce qui la retient. »

Frank s'approcha de la porte, mais soudain il s'arrêta net : des sirènes de la police retentissaient dehors.

« Les flics ! hurla-t-il. Fichons le camp ! Rosy, tu es là ? » cria-t-il en direction de la pièce.

N'obtenant pas de réponse, il courut vers la porte et la ferma à clé. Ensuite, il s'élança sur les traces de son compagnon.

Il y eut un moment de silence, puis Bess observa :

« Je n'entends plus les sirènes. Et les policiers ne sont pas entrés dans le bâtiment non plus. Ils n'ont peut-être fait que passer ? »

Marion haussa les épaules.

« C'est possible. Mais je vois un téléphone au mur, là-bas. Appelons donc le commissariat. »

Alice décrocha aussitôt le combiné, mais la ligne resta muette. Résistant à un sentiment de panique, la jeune détective se rendit conpte qu'elle et ses amies étaient enfermées dans un entrepôt abandonné. On ne les trouverait peut-être pas avant des jours !

« Ça peut servir ? » demanda Bess en lui tendant une paire de ciseaux.

S'aidant de l'instrument, Alice tenta de forcer la serrure. En vain. « Enfonçons la porte... » proposa-t-elle en essayant de garder son calme.

Avec les cousines, elle se jeta plusieurs fois contre le panneau de bois, mais celui-ci résista. Finalement, les filles s'arrêtèrent, haletantes et meurtries.

« Qu'allons-nous faire ? gémit Bess.

— Nous devrons sans doute attendre que quelqu'un nous trouve, répondit Alice. Je... »

Elle s'interrompit pour renifler. De la fumée filtrait à travers la porte.

« L'entrepôt brûle ! » s'écria Alice.

Chapitre 20

Dernier coup de théâtre

Rosalind émit des grognements à travers son bâillon, essayant d'indiquer un endroit au mur où plusieurs blouses de travail pendaient à un crochet. Alice ôta les vêtements. Une clé se trouvait dessous !

D'une main tremblante, la jeune détective l'inséra dans la serrure. A son grand soulagement, la porte s'ouvrit.

Aussitôt, les filles aidèrent Rosalind à se lever, défirent son bâillon et la tirèrent dehors. Léchant les rangées d'habits, les flammes se répandaient très vite et commençaient à bloquer la sortie.

Cependant, un mouchoir sur la bouche et la tête baissée, les amies avancèrent courageusement. Seule Rosalind laissa la chaleur de l'incendie la mordre au visage et la fumée pénétrer dans sa gorge.

Le feu, maintenant, avait atteint la porte. Il était impossible aux filles de la franchir sans se brûler. Des yeux, Alice chercha une autre issue, mais elle n'en vit aucune!

Allaient-elles toutes périr dans le brasier?

Alors que cette pensée terrifiante traversait leur esprit, une trombe d'eau passa par la porte, puis une autre, et encore une autre!

Pour ne pas être repoussées dans les flammes crépitantes, les filles se mirent rapidement hors de portée du déluge.

«Ça va?» demanda Alice à Rosalind dont les yeux étaient rouges et larmoyants.

La femme rejeta de la fumée par la bouche, toussa et fit un signe de tête affirmatif.

Puis un homme apparut à la porte et leur ordonna de sortir.

Malgré ses yeux qui la piquaient, Alice distingua clairement dehors Ted Henri debout près d'une voiture de pompiers, et Pete Grover conversant avec des policiers. Ceux-ci avaient passé des menottes à Woody, Frank, Belini et un autre homme qui tournait le dos à Alice.

Quand la jeune détective s'avança vers l'inconnu, elle s'écria :

«Monsieur Iannone!

— Il était l'intermédiaire des escrocs chez Millington, expliqua le reporter, alors que quelqu'un enveloppait les épaules d'Alice de sa cape.

— Et vous, qu'étiez-vous, monsieur Ted Henri, alias Chris Chavez?

— Vous saviez, alors?...

— Evidemment! je dois admettre que je n'ai pas compris votre stratagème tout de suite, mais après avoir rencontré, par hasard, le vrai Chris Chavez et entendu votre conversation avec Belini, j'ai tout compris.

— Même l'histoire de Galen Kaiser?

— Oui. Mes amies sont allées regarder les photos de la police pour trouver celle de l'homme qui se révéla être le vrai Russell Kaiser. Au lieu de cela, elles sont tombées sur une photo de votre ami Pete Grover, ici présent!

— Pete Grover? fit Ted en dévisageant d'abord Alice, puis son compagnon.

— Je lui ressemble, n'est-ce pas? demanda celui-ci en souriant.

— Comment? Vous n'êtes pas Pete Grover, l'homme qui est recherché en Californie pour faux chèques?

— Non. Pete, c'est mon cousin. Moi, je suis *Alan* Grover et je travaille dans l'industrie du vêtement. C'est pour cela que Ted voulait que je l'aide : il avait besoin de quelqu'un qui connaissait les dessous du métier.

— Oh, excusez-moi! dit Alice.

— Il n'y a pas de mal, répondit Grover en souriant. Pour une jolie fille comme vous, je n'hésiterais pas à me faire voleur!

— Comment avez-vous obtenu tous ces renseignements sur Galen Kaiser? se hâta de demander Alice pour cacher son embarras.

— Eh bien, j'ai lu la notice nécrologique. Puis quand le vrai Russell Kaiser a commencé à faire des offres pour le médaillon qui avait appartenu à son oncle, j'ai renchéri pour attirer votre attention. Je me suis dit que s'il tenait vraiment à acquérir ce bijou, je ne risquerais pas grand-chose en rivalisant avec lui. »

Alice eut un petit rire.

« C'est avec ce même raisonnement que j'ai failli perdre plusieurs centaines de dollars ! »

Marion et Bess, qui venaient d'expliquer aux policiers comment elles avaient capturé Rosalind, rejoignirent le groupe.

« Ce n'était pas très chic de votre part de nous avoir envoyées faire une enquête bidon... » dit Marion à Ted.

Gêné, le journaliste enfonça ses talons dans le gravier.

« C'est vrai, admit-il, et j'en suis confus, car, sans vous, Alice, je n'aurais peut-être jamais pu mener ce reportage à bien. »

La jeune détective sourit modestement.

« En fait, c'est après avoir eu vent de votre visite au bureau de Millington, que j'ai commencé à entrevoir une piste, poursuivit Ted.

— Est-il vrai que Rosalind est allée y travailler après son renvoi de chez Reese, puis a quitté cette société en même temps que M. Iannone ?

— Oui, elle avait peur de vous. Elle craignait que vous ne découvriez le trafic auquel ils se livraient.

— Je suppose qu'ils utilisaient cet entrepôt comme cachette pour des vêtements — presque tous importés en contrebande — qu'ils revendaient ensuite à des confectionneurs tels que Millington. Soustraites aux taxes d'importation, ces marchandises étaient moins chères que les articles fabriqués aux Etats-Unis.

— Vous êtes vraiment étonnante, Alice! s'écria Ted, admiratif. Avez-vous d'autres renseignements à me communiquer?

— Simplement que j'ai entendu le bruit lointain d'une vedette quand j'étais à l'intérieur du bâtiment. Je parie que les deux gars qui m'ont ligotée dans l'entrepôt sont partis avec.

— Nous avons aperçu ce bateau, intervint Bess. Il s'est éloigné de l'embarcadère et a descendu la rivière.»

Alice lui conseilla, ainsi qu'à Marion, d'en informer les policiers. Ted Henri approuva de la tête.

«Quoique ce soit dur pour mon amour-propre, dit-il, j'admets que toutes les félicitations vous reviennent, Alice.

— Il reste encore plusieurs points obscurs à éclaircir», dit la jeune fille en se dirigeant vers les prisonniers qu'on allait embarquer dans les voitures de police.

A cet instant, elle vit un homme descendre d'un taxi qui stationnait, tous feux éteints, à quelques mètres de là.

«Mon compteur tourne toujours, dit-il, mais personne n'a encore songé à me remercier.

— Vous remercier de quoi? s'informa Alice.

— D'avoir appelé la police. Vos amies sont restées dans ce bâtiment un peu trop longtemps à mon goût. Comme j'avais peur d'y aller moi-même, j'ai appelé mon entreprise par radio et quelqu'un a envoyé les flics. Heureusement! La police est arrivée juste au moment où ces types mettaient le feu à l'entrepôt...

— Nous vous en sommes toutes très reconnaissantes», assura Alice en gratifiant le chauffeur de taxi d'un grand sourire. Puis, elle se tourna vers Rosalind qui était assise à l'arrière de la voiture de police, près de Belini. « Si vous faisiez de si bonnes affaires avec la marchandise de contrebande, pourquoi avez-vous volé les dessins et les robes de M. Reese? Cherchiez-vous à ruiner son commerce?

— Exactement! répondit la femme d'un air de défi. Il s'est très mal comporté envers ma sœur, Paula Jenner. Elle a travaillé pour lui pendant des années, puis un beau jour — pouf! — il l'a mise à la porte. Elle avait besoin de son gagne-pain. Reese le lui a enlevé sans la moindre raison.

— Mais vous savez bien que cet homme est très soupe-au-lait, dit Alice pour défendre le couturier.

— Ça m'est égal. Je voulais nous venger. Il a rendu la vie impossible à des tas de gens, à moi comprise.»

Alice se rappela que la modéliste avait pleuré ouvertement quand le couturier l'avait renvoyée le soir du gala de bienfaisance.

« Avez-vous vendu des dessins de ses créations à Chalmers ? interrogea-t-elle.

— Oui. Arnaud Hans a accepté de les utiliser, mais il les a beaucoup changés. Il y a une telle jalousie et une telle rivalité entre ces hommes que, malgré le plaisir qu'il éprouvait à être en possession de ces croquis, il a voulu les modifier. »

Tandis que la modéliste racontait son histoire, Alice se sentit prise de pitié pour elle et pour Arnaud Hans. Malgré tout son talent, celui-ci allait perdre la réputation qu'il s'était faite avec les années, simplement à cause de son envie et de sa cupidité.

Les voitures de police démarrèrent. Ted Henri se tourna vers Alice.

« Puis-je vous ramener chez vous, vous et vos amies ? »

Bess et Marion acceptèrent avec reconnaissance. Alice se mit à rire.

« Avez-vous trouvé un autre moyen de vous débarrasser de nous ?

— Quoi ? Vous n'avez pas confiance en moi ? répliqua le reporter en souriant. Comment pourrais-je signer mon article de nos deux noms si vous disparaissiez ? J'ai l'intention de vous attribuer tout le mérite qui vous revient, Alice Roy ! »

Avant de quitter les quais, Bess et Marion proposèrent au chauffeur de taxi de lui payer plusieurs fois le montant indiqué sur son compteur, mais le brave homme refusa.

« Je vous offre cette course, mesdemoiselles, dit-il. Je suis trop heureux que vous vous en soyez tirées saines et sauves. Tenez, voici ma carte pour le cas où vous auriez besoin de moi un autre jour. »

Marion rit.

« Mais ce ne sera pas pour une aventure comme celle d'aujourd'hui, c'est promis! » s'écria-t-elle en courant vers la voiture de Ted.

Sur le chemin du retour, Bess mentionna Jacqueline. Du coup Ted expliqua aux filles ce qui s'était passé la nuit où il les avait rencontrées pour la première fois. Quand Alice apprit qu'il l'avait soupçonnée d'être une complice des escrocs, elle éclata de rire.

« Tout cela est vraiment très instructif, dit-elle.

— Pourquoi? demanda Al Grover, assis à côté d'elle.

— Maintenant, je sais comment fonctionne le cerveau d'un reporter new-yorkais! »

A l'arrivée des filles, Mlle Cécile Roy dormait. Aussi, elles durent attendre le lendemain matin avant de pouvoir lui raconter leurs aventures sur les quais.

« Oh, mais c'est affreux! s'écria Cécile Roy en entendant le récit des événements. Ton père ne me pardonnera jamais de t'avoir embarquée dans cette histoire, Alice!

— Je ferais bien de l'appeler, dit la jeune détective en riant. Il vaut mieux qu'il apprenne tout cela par ma bouche que par les journaux! »

Mais avant qu'elle ait eu le temps de composer le numéro, le commissaire lui téléphona pour l'informer qu'on avait capturé les hommes du bateau.

« Ainsi, cette affaire est close, dit-il. Vous avez fait un magnifique travail, mademoiselle. Votre père doit être fier de vous !

— Il n'est encore au courant de rien. J'allais justement l'appeler. »

M. Roy écouta avec étonnement le récit des aventures de sa fille. Quand Alice se tut, il dit :

« J'ai quelque chose d'intéressant à te signaler. Le nom de Kaiser figure dans la presse aujourd'hui.

— Russell Kaiser ? demanda Alice, surprise.

— Oui, je suis sûr que tu le trouveras aussi dans les journaux new-yorkais. Maintenant, je dois partir pour un rendez-vous. Nous en reparlerons donc plus tard. »

Quand son père eut raccroché, Alice demanda à sa tante le journal du matin. Elle le parcourut et ne tarda pas à trouver un petit article intitulé : KAISER SE TAILLE LA PART DU LION ! Tout excitée, elle le lut à haute voix :

« *Au cours d'une enchère à l'hôtel des ventes Speers, M. Russell Kaiser a acquis un médaillon peu commun. Il provenait de la succession d'un oncle de M. Russell Kaiser – Galen Kaiser – et portait le blason familial : un lion.*

« *En apparence, le bijou avait peu de valeur. Cependant, Russell Kaiser, qui se trouvait à l'étranger quand l'héritage fut remis à la salle des ventes, se rappelait une histoire que son oncle lui avait racontée un jour à son sujet.*

« *Durant ses voyages à travers le monde, Galen Kaiser avait acheté une magnifique opale noire. Plus tard on lui dit que ces pierres étaient censées porter malheur, sauf aux personnes nées sous le signe astrologique de la Balance, ce qui n'était pas son cas. Ayant connu quelques revers, il cacha l'opale et ne la regarda plus jamais. Lorsqu'il mourut sans avoir fait de testament, aucun membre de sa famille ne retrouva la pierre précieuse.*

— Parce qu'elle était dans le médaillon! interrompit Cécile Roy.

— C'est exact, confirma Alice. *Ce n'est que lorsque son neveu se rendit chez Speers, à l'exposition des objets en adjudication, et qu'il vit le bijou – muni à l'arrière d'un petit fermoir cubique – qu'il comprit que l'opale était dissimulée à l'intérieur.*

— Pas étonnant qu'il ait continué à enchérir! commenta Marion.

— Et dire qu'Alice a failli l'avoir! fit Bess avec un peu de tristesse.

— Je ne le regrette pas, assura Alice en souriant. Nous ne pouvions pas nous permettre le moindre faux pas pour arriver à résoudre notre énigme! »

Quand M. Reese entendit toute l'histoire plus tard, il souscrivit entièrement à cette remarque.

« Vous méritez des décorations et une grande fête en votre honneur! déclara-t-il.

— Bien que vous ayez perdu plusieurs modèles la nuit dernière? fit Alice. Vous savez, Rosalind m'a fait mettre une vieille robe en coton pour pouvoir prendre celle que vous m'aviez prêtée. Malheureusement, elle aussi a brûlé dans l'incendie.

— Ma chère, que représente un peu de soie et de taffetas comparé à votre vie, votre sécurité et celles de vos amies? Je dois tant à chacune de vous! Et j'espère que jamais plus vous n'aurez d'aventures aussi dangereuses!»

Alice se mit à rire :

«Pour cela, il me faudrait renoncer à ma carrière de détective amateur!»

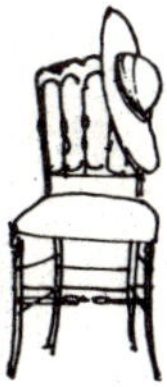

Table

IMPRIMÉ EN FRANCE PAR BRODARD ET TAUPIN
Usine de La Flèche, 72200.
Dépôt légal Imp : 1884E-5 – Edit : 6139.
20-07-7966-04-3 – ISBN : 2-01-015089-9.
Loi n° 49-956 du 16 juillet 1949 sur les publications destinées à la jeunesse.
Dépôt : décembre 1991.